AQUARIUS

AQUARIUS

AQUARIUS

AQUARIUS

每個人心中都有一座島嶼，

藉文字呼息而靜謐，

Island，我們心靈的岸。

神在
崔舜華

【推薦序】惡之華——讀崔舜華《神在》

言叔夏（作家）

初識崔的時候，我已搬離台北了。我們從未在台北集散著一整代寫作者的寬街闊巷或文藝場合碰過頭，甚至也不曾在木柵那所彼此都錯落待過的學校真正地照過面。那畢竟是一座佈滿太多青苔的校舍了。像一個多垢的耳蝸，一年四季都懸宕著一片年老鬆弛的耳膜。許多聲音在膜上彈跳，有的就此失落了篤定的繫詞，成為一顆離開樂譜的高音，從此再沒有歸隊。我不知道那幾年她是不是也這樣離開過一章樂譜，成為一顆到哪裡都只能發出自己喉頭音階的音符。但我認識她時，她已剪了一頭十分短的髮，露出鵝弧一樣的頸子。頸骨以下極瘦削，那種瘦法好像骨頭被什麼給鋒銳地刨削過，因而孤挺了起來。她拿菸的手指很好看。指節幾乎是鋼弦。有一種人活著天生為了一種姿勢。崔大抵是這樣的人。

寫詩的人與她的字站在街角，直挺挺地，不必走近，那姿態本身就是一道刮人的風景。她的幾本詩集尖銳且華麗，和她活著的樣子一樣漂亮且低迴；痛苦在暈眩的旋轉裡不斷迴旋成痛快，我因此總以為她是勇敢的人。識得久了，才知道那種鋒利的鱗片其實其來有自，是從惡地形裡滋長出來的孤挺之花，覆蓋以詩的外衣。私底下她是一個相當敏感而體貼的人。儘管在散文裡她說自己很長時間的白日總在水瓶裡放酒，夜晚為失眠而服藥，但即使如此，在白天生活的樂譜裡，她知道怎麼做一顆安靜的高音。這是磨來的。

磨砥掉的邊角在其他地方重新滋長出來，比如她行坐穿衣的眼光，對我來說簡直是一種超能力。我每每驚訝於她對世間的美有一種幾近本能的反射能力，彷彿動物般的靈敏嗅覺，可以在廢墟與泥沼中一眼辨識出碎片，將它們拼織成一種全新的樣貌。那種能力與其說是從某種豐厚的潤澤裡滋養而來，毋寧更像得自於一種殘缺的餽贈：不是錦緞絲綢織就的精緻，而是一種大而無畏的、對殘破或卑微的敬意和同情——其實我常在她看似冷冽而旁觀的句子裡，讀到這種微小的同情。這同情某種意義上並不是知識分子式的，而更像一種棉絮裡滾帶沾黏著其他棉絮。因此她可以織就她自己的百衲被。

讀這本書的時候，我總是莫名地在某些片段裡想到蕭紅，雖然她們的風格或路數並不真的接近，但其中有一種非常類似的質素，或許來自對活著本身的執著。她寫食街與市場上雜沓紛擾的吃食，寫彩券行裡熱衷刮彩券的女人，寫自己去到那有著塑膠座椅與菸灰缸的彩券行坐一整個下午，只為了不斷喝熱咖啡……，都是旁側在人間煙氣之傍，顫巍巍地與這色彩斑斕的世界，維繫著險峻的平衡與距離。那距離可能等同一根菸（她的阿基米德支點？）。香菸燃起，沙漏倒轉，時間的因果鏈結暫且鬆脫；在菸草燒完以前，她還可以和這個世界對坐一會，於是那菸只能一千零一夜般地一根燃過一根，永無終結，支架起她與世界之間最恐怖而安靜的平衡。

我常想像她晃遊過那個多年前其實我也待過的多雨的山區，一條叫做新光路的小街。那條小街上一字排開兩邊都是窘迫的老舊公寓，鴿籠般地隔成無數的學生套房與雅房。她寫賃居河邊一破舊雅房時的研究生生活，寫從蟑螂與蚰蟲裡滋長出來的論文與詩句。河的對岸是一所小學，午後總傳來小孩嘻笑的歡快聲，她寫到某個下午因為那笑聲太讓人難受，於是索性離開了那個房間，下樓抽完了一根菸。

但我也一直記得流經校園邊界的那條河，環繞著多歧的山腳（以及那座不知要通往哪裡的龍宮電梯），遂阻絕了彼岸與此岸。夏日的颱風使溪水暴漲起來，淹沒了整個球場。籃框不見了。剩下一個小小的幾乎要滅頂的投籃板，孤島般地，在河中虛張著秩序的聲勢。在我曾經眺望過的夢裡，河堤在雨裡不斷長高，不斷長高。直到那上漲的河水再沛莫能禦。堤防沖了開來。

現實裡，那堤防其實從未被真正沖出破口。暴雨總是在極大的時刻轉切漸小，像所有災難的結構。有人在雨雲的上方旋轉了按鈕。於是你最大的承受，是那從未真正發生的末日，以各種方式打磨著你。洪水退去，陽光又露出臉來了，而世界滿地都是難以前行的泥沼。有那樣的一刻，你會希望一切停留在末日將要來臨的那刻，殘酷而美麗。那樣的末日，即使是惡裡開出的花朵，也總有神在。

祝福崔與這部散文集（以及她的貓阿醜），無論生活或字的流域流淌向何方，願她們一路有神在側。

目錄

【代自序】我在黑暗中找花

我在黑暗中找花
大地闇晚——迷失的鴿群
如逃逸的標點四散於捲動的書頁
我以指腹讀取
踝骨磨蹭貓背
虎金色的毛皮覆蓋眼瞼

我在黑暗中找花
雪意兀自向晚
孤獨，與孤獨的衍生物
流過低徑，蜿蜒，匯聚成為瀑布
無名的天鵝群集於湖泊的邊緣
冰層伏貼著冰層
雨依偎雨

我在黑暗中尋找一株
祕密開放的滿惡之華
在地表之下逡巡
穿著及膝的鋪毛長靴
如蛾類趨光般趨向
你座落的地景

神在

是夜，積雲如葉
樹藤的精靈穿梭林間
小屋的燈火猶疑地含苞，低著頸項

一切正待盛放
一切尚未開啟
我遁入漆黑的晚色，星辰允許我
棲身於象牙灰的月影
重疊的縫隙，虛空的路徑
磨損而疲憊而荒涼的心
黑暗中，我以身體滋哺身體
以乳與蜜，大地美妙地顫索
以沉默的振頻

彷彿觸碰了真實
在黑暗中詢問，追索，奔跑復跌倒
我恍若繁花，在最卑屈的闇夜綻放
讓幻術娩衍，記憶婉轉
讓子句綿延孤身的戲劇
敘寫雪地枯枝，牆頭木槿
在我荒蕪而冰涼的心

第一章 離群者

神在

我問過自己：如果世上有神，我對祂來說重要嗎？

讀小學時，父母加入了一個來路不明的組織，名叫「中華科學意識研究會」。名為研究，實際上則集宗教、政治、直銷於一身。

領導組織的「老師」，自稱李白、李後主與蘇東坡等幾世文豪投胎入身，對自己的詩才格外自信，寫了好幾本舊體詩，自譜曲調，囑咐信徒如父親之類日日吟哦誦唱，據稱能累積善緣。「老師」的這項教誨對我造成非常可怖的影響。至今，只要想起李白的〈將進酒〉，我眼前總是浮現父親在客廳裡，兩頰汗光閃爍，扯開嗓門高唱「君不見黃河之水天上來——」的情景。

李白若有知，必定崩潰矣。

中學時，父親會趁我在家時冷不防地掀開房門，亮出一冊印有「中華科學意識研究會叢刊」字樣的本子，隨即照本細數我的貪婪，懶惰，肥胖，暴烈，固執和驕傲，我的性格、說話的表情、用詞方式、五官和身材，被父親一層層剝除得如無毛豬肉般赤裸見血。父親訓話時，因為激動，唾沫星子不時從嘴角噴出，滴落在他四季如一的破汗衫上。我低著頭，不時抬眼窺看牆上的時鐘——十五分鐘，半小時，一個鐘頭——最末，父親總是要我認罪並承諾悔改，這戲才暫時罷休。

事隔十六年後的現在，我想，父親和我早已各自明白，與我懶散貪逸天性戰鬥拚搏的那些時間，無疑是徹底白費了。

國一學期結束後，我轉學到一間私立國中，不久就被幾乎全校同學視為異類，不僅被同班的少男少女排擠，其他班的學生也習慣在我下課經過走廊去廁所，或穿過校園去操場上體育課時，從樓上探出身醜女醜女地大叫，或擦肩而過時故意從側面推我一把，被我重心不穩撞到的某個男生便會誇張擠弄出一臉嫌惡。

我知道自己看起來多惹人討厭。我身材肥胖，毫無青春少女的曲線。一頭自然鬈粗硬如馬鬃。眉低壓眼。整個青春期，我非常害怕和任何人說話。青少年的殘忍與動物無異。班上受歡迎的少男少女主動貼近，通常是目的性的暫時權宜。英文考卷和數學習題解決後，若我太依賴這份友善，向對方多透露兩句心底壓藏的話語，那些話隔天必會傳遍全班，成為莫大笑柄。

我直覺地明白，哭了就是認輸。在那所國中待了整整兩年，我沒有在任何人面前掉過一滴眼淚。所有的惡苦憋在腹內，回家躲在被窩裡，忍著喉嚨悢泣。

母親總說：「不要理他們，妳愈生氣，他們愈開心。」但我不是生氣，我只是絕望。我也試著努力過。為了能從外表上改善一點印象，我極渴望能擁有一件那種當時極受歡迎的訂做的制服褲。原本的制服質料極易起皺，版型是容易顯胖的A字褲，訂做的制服質料筆挺，腰身柔滑服貼，褲管微微外放成小喇叭狀，一件僅五百元。我向母親提了，母親顯得很為難，一再推搪：「妳爸不會答應的。」我央求母親好幾個星期，她才勉強點頭。

後來我才明白，在這個家裡，母親是這樣的一個角色，連做一條讓女兒可能好受些的便宜褲子的權力都沒有。於是，她把我想訂做制服褲的事告訴了父親。母親洩密的當晚，父親一手捧著《中華科學意識研究會叢刊》的冊子，一手揮著棍子。一邊吼叫：「貪慕虛榮，就是被動物靈附身！」

從此，我明白了誠實招來的後果險峻，也知道了任何人都不能夠輕信。所以，我開始事事編謊：回家時間、考試分數、出門去圖書館（其實是去學校和同學邊念書邊扯淡）。在父親眼中，我大概完全是罪無可赦了。

想起來，我根本不知道父母怎麼加入這個可疑至極的「中華科學意識研究會」。他們不僅不曾告訴我和弟一聲就擅自跳進這窪渾水，更強拖著我和弟一起，無視我們的掙扎，蠻橫地將髒水潑灑到我們身上，腐蝕出一個個永無可能癒復的膿瘡。

讀研究所時，為了不被父親找到，我搬離了學校宿舍，住進一間木板隔間的四坪斗室，月租僅四千元。我挾著兩個四格書櫃、一只洗臉盆、一臺桌上型電腦、兩袋便宜衣服，開始了二十四年以來第一次靠自己掙錢的日子。

當時，有一位老師對於我的境況非常同情，她遊說系上其他老師分我一個助理職缺，加上我自己應徵來的校內採訪和文案等兼職，學費和房租還能勉強應付。生活非常拮据，但還能抽廉價香菸，去十元商店買便宜化妝品，節省度日可用上一年。

後來，那位老師更拉著我去校內的諮商中心，碩三那一年，我每週一次去諮商中心，和年輕的諮商師漫無目的地聊一小時天。但當老師邀我去她所信仰的基督教會，向她所信愛的主耶穌傾訴痛苦和眼淚時，我拒絕了她。

我想，我確實傷害了老師的期待，她必定期盼我的孤獨悲忿有所託依，對她而言，最好的託付就是她虔信的神。但在離開父親家之前，我曾經告誡自己無數次：這輩子無論如何不接近任何宗教。對於任何宣揚某種不分差異、普世皆渡的言論充滿焦慮和詰疑。這是我的心，我無法背棄它。

變老的好處之一，就是能掌握某些無害的投機心法。日常不如意時，我學會像其他人一樣視情況擇神而祈。我造訪民間供奉的各家廟神。鹿港天后宮中媽祖慈悲端坐，面容黝黑，低眉含笑。中和四面佛廟裡的佛身遍體金燦，十六手腳優雅修長，四張臉回應著人間各種苦欲。武昌街城隍廟內好高好大一尊救苦救難觀世音菩薩，雪白衣裙，楊柳無語；二樓是南無阿彌陀佛的金殿，殿中香霧繚繞，赤足入殿方顯虔敬。

慈眉低目的金剛，銀髯及地的福德神，凸瞳咧牙的虎爺，手挽紅線的月老……我挨次指認祂們，合掌拈香，自報家門，無聲地許願。同樣儀式在每一張無語的巨臉面前重複地織繹，香灰不時落上手背，燙，一縮手，灰燼落進氤氳爐中而消弭。那些未能成形的語言，輕飄飄地越過眾人的闔眼吐息，歸於大塊寂靜。

我漸漸認得了神，但我不知道，神是不是也認得我。

V幾乎帶我闖遍了我們住過的地方周圍所有大小宮廟。我的八字很輕，V的則很重。對於鬼或神，他不像我那樣戰戰兢兢地研究參拜路線，神經質地努力同時點燃整束線香，在每一座香爐前重複報告一遍出生日姓名戶籍。每去一間廟，見一尊神，他卻像打算向一個新朋友搏交情，挾著鄰里間攀聊的姿態與神打商量。

我甚至敬佩起V的玩世不恭。我們背負的傷疤各自不同，但我羨慕他能不避諱地展現出天真和狡黠，那是花過心思、在自己身上努力養育出某種優雅的那一類人，才能擁有的肆無忌憚。而這份能力在我身上，早早地被父親橫生剝除，日後我所努力建造的，不過是免於再次受傷的鐵堡壘。

搬進和V同住的第三間套房時，我們滿懷新鮮地在臺北最熟爛甜膩的C區鑽探。一片燈花酒濃中，有一間非常狹窄、門口寬度僅容普通人側身勉強擠入的二手衣店，店裡供著一尊身量嬌小的四面佛，佛身光亮無垢，四張面孔前分別是簡單的花束與爐座。

住在C區的一年裡，我向佛許過四、五次願。但這家店的佛和人似乎不太勤懇。營業時間到了，鐵門時常還緊閉著。徐娘半老的老闆娘，眼影和髮型都像七〇年代的龐德女郎。V一踏出店門就說，這老闆娘年輕時應該是個美人，也許在風月場裡辛苦了大半輩子，退休後用年輕時掙下的錢，在當年做生意附近開了間自己的店。

我在這位至今仍妝容濃豔的退休舞小姐的店裡，買過一件非常復古的黑面高腰窄腳褲，把自己捲在薄如面紙的換衣簾後頭，將二十五吋的褲腰扣在肚臍上。

那尊四面佛曾靈驗過一回。那一年我們過得並不順遂，現在回想起來，幾乎無法順利說明究竟是哪裡出了問題，但總之甚麼都不對勁。只能說有可能是當時我們住的那間套房的體質不良：套房的對外窗緊貼隔壁大樓，風透不進，西曬嚴重，衣物只能勉強晾掛在浴室外半坪左右的零碎空間，終月陰濕不乾。電梯的燈光總是閃滅不定，有次我半夜出門去便利商店買菸，一進電梯，竟然停電了。從此我便對這間房子充滿疑懼，覺得它像是打著算盤的陰險小人，某天將趁我和V不注意時，一口吞喫掉我們。

某天一早，我醒來，看到V睡著的臉。他眉頭緊擰，看起來非常痛苦。和我一起生活真的這麼不快樂嗎？我出了門，走到那間供奉四面佛的店前，在各種舊物雜陳之間，我祈求：無論他要甚麼，請讓他順心如意吧。

不久，V的努力傳來佳訊，周遭一片恭喜聲中，我喜孜孜地拎著養樂多和新鮮蘋果尋佛還願。該做的禮數都做了，但我還不知道，佛僅僅允許我成功一回。下一次，再下一次，遇到不順時，我一趟趟地尋向那裡對佛祈願，但佛此後沒再理睬過我。

廟殿之中，眾人皆低首垂頸，持香默念，集體凝念的沉默彷彿巨聲震耳。我迷戀這種寧靜中的騷動，極力抑欲下透露的俗塵妄念，凡與仙，動與靜，活人與塑像，我們因儀式而暫時獲得平靜，像哀泣的孩子得到一把糖，而有了苟且的快樂。然而，若不是這麼簡單地便能滿足，我們該如何在這窮險世界中，為自己牢牢握住緩一口氣的餘裕。

對我來說，向神祈願是一條單線道，信眾僅被允許在道路末端竊竊觀望耳語。此路只容神意通行，等待神願發慈悲，施福予你。這是一場單方面的交易，成交與否，全取決於那隻握持神力的巨掌。我們只能期待自己渺小的心願在茫茫念海中被撈取，否則只能繼續等著也許某天運氣好轉。

我知道，其實自己並不真的信任神，正因為如此，我改信這場交易。交易不盡平等，但有其機運。與其在神座前俯伏貼耳，我習慣直接而有禮地遞出條件，以還願消解心事，以鮮花替換善果。這是一扇方便之門，供人從門縫窺探現世的幸福的可能。我們只求當下，無病無災，衣食無憂，子孝妻馴。像我和V這樣幾乎習慣了無家無天的城市邊緣分子，依然擺脫不了生活中的種種不滿足，對生命的詰疑。對於這世界針對你無端拋襲的惡意，我們僅剩孩童般的軟弱。咬著嘴唇憋著委屈，但我們已經不是可以回家奔向母親懷抱，哭訴被欺負的總總苦楚的年紀。我們必須撐持起自己的人生，不管這樣的人生多麼蒼白，短暫，一無可取。

我們最終能寄託的，唯有那眼若瞳鈴，耳若蒲扇，手持淨瓶蓮花或法珠法輪的神明們。每次拜見，都是初識。你與神的相遇比起其他任何關係都來得乾淨而親密，當你身在神殿，你便僅擁有一個名字，而那就只是純粹的代號，像一只別針，由你遞交給你親自挑選的神祇，其中並不包含你屢屢犯下的錯誤，你辜負過的期望，你背叛過的朋友，你所逃避的責任和你曾製造的苦難。會批判你的非神而是人。神的存在是中立的，是透明的，是此刻踐現的。

神是因為你而存在的。如此而已。

神啊，我就在這裡，祢聽見了嗎？

少女獸

有時候，並不是你犯了錯，而是那錯誤自動地找上你，像敏銳的獵犬嗅聞著鹿群裡最瘦弱的那頭，從樹林後猛地竄出、撲殺。咬住最敏感的咽喉，任憑沉默的血滴與哀鳴竄進獵食者的齒間，橫流遍野。

這是自然的定律，適者生存，即使有時並不是你的錯，但那已然成為你的錯，誰也無法阻擋。而我所走過的眾少女的生存之所，就是這樣一座秩序混亂的野性叢林，一片勾鬥眉角如織針痕理遍布的錦繡荒地。地表之上，除了一張張或精緻或粗野的臉容，以及純粹發自動物本能的話語織勾而成的遍地冰苔，放眼望去，空無他物。

我讀的C校，是一間位在木柵，升學度還算知名的女校。C校的學生制服是一種小鵝羽毛般柔軟的黃，為了讓那黃色更具青春蕩漾的挑逗風情，許多早熟的少女紛紛湧入西門町街緣一整排制服訂做的店家，花上幾百元（家境優渥的或願意擲出上千元）量身訂做幾套收腰線條咬緊青春腰身、材質如緞面光滑飄逸、樣式特別短小的黃衣黑裙。走動時，裙襬隨微風飄逸，蟬翼般薄透的嫩黃襯衫貼在胸腹上，凸顯少女獨有的柔軟曲線。如初長絨毛的小獸，既危險又嬌嫩。

而如我一般手頭沒有餘錢之流、在弱者越弱的權力場裡自然也次上一等的女孩子，則以漂白水注滿臉盆、浸泡學校配給的粗硬制服衣，努力刷洗掉幾分死板的薑黃，雙手浸滿漂白水氣味時，布料也漸次褪成淺淺的鵝絨色。黑色百褶裙則以熨斗燙得筆挺，腰際處翻上兩摺，露出一點膝頭的顏色來，遂聊以自慰地自覺稍微不那麼像一頭原始粗糙、未經理毛、粗骨粗齒的野生獸。

終歸是徒勞而拙劣的模仿，是針對那些家境好、父寵母溺，進社團後在熱音社、吉他社、康樂社大出風頭的嬌嬌女的欣羨與遐想，我們甘願居為次級品。而次級品也有次級品的生存之道，前提是，你得夠搞笑或者夠聰明，成績拔尖不算，個性也得慷慨，沒有領導能力也要有服從美德，如此才具備了面面俱沾的實用價值，眾少女便能慈悲地寬容你醜拙的髮型和多餘的贅肉，親親熱熱地前來交好，於是你獲得了入場券，幸運涉足那碎鑽鍍金般耀眼閃爍的「少女圈」。

但「少女圈」並不是一個固定的型態，它朝令夕改，詭計伏埋，善變多心眼。它是流動的，是跳躍的，是無形的。一抹眼神，一張紙條，都能瞬間顛覆挪移此圈無形無狀的友敵邊界。一抬手、一謀足，都足以決定了你是否夠格躋身一名「圈內人」。

這場內外通殺的角力遊戲日復一日地上演，你既要做自己，又必須媚好他人，分寸之間拿捏不可過分：太忠於自我是難相處兼耍孤僻，一味地媚俗沒格調教人噁心，和老師唱反調給班上找麻煩，跟老師太親善又一臉奴隸相。一不留神間踏錯一步，便難再有機會翻身，遂直接落入被排擠的孤絕地獄。

女子高校是一座生猛原始林，少女是獸，憑嗅血腥之氣而來。少女純粹藉助青春本能以媚視紅塵，像驕傲的孔雀，娉婷婀娜或聰明拔尖，根根扇羽都是本事。孔雀群之中最鎮定的那一頭便是王后，后不出嘴參與亂啄，非必要不輕易出手，多半是略舉眼睫，底下眾鳥禽就知道該往何處攻擊，抑或，何者該遭群眾離棄。

我也曾是被離棄過的那隻弱獸，僅僅是頭家禽，沒有孔雀一族輕快華麗，僅有幾隻可笑的雉雞羽毛妝點身體，攏著粗嘎的漂白水泡過的制服和僵直的百褶裙，抖動著沉重的贅肉賣力陪笑。一開始時，我也和孔雀少女們一道廝混，以為憑著幾句俏皮話逗討少女圈中的核心王后一展笑顰，就能過關掩飾自己龐大的自卑。

孔雀少女們多半出自開明的中產階級家庭，父寵母溺，縱有兄弟姊妹，全家人也都得讓著那耀眼的亮黃制服幾分顏色。眾少女在家如嬌貴的豌豆公主，在校如自由歡騰小獸，縱橫流連各色社團，與男校同學聯誼彈吉他烤肉，談飄飄渺渺又言不及義的春天的戀情，到了秋天便如換衣般褪去舊男伴的身影。豐渥的零用金與家人無節制的寵愛，將少女們的小獸嗅覺打磨得更銳利，一嗅便知來者是同類或更強者，弱者或更弱者。

而少女所坐擁的一切，我從無機會也無辦法複製於己身，因此我只能演飾和模仿：披上假的獸皮，扮作搖尾乞憐的胖墩墩的無害獸類，聽從少女群中的王后指令，傷害那些比我更甚弱小者，遞紙條私下嘲弄調笑或者課堂上公然挑釁對罵，這些場景發生時，講臺前修養溫文的老師們一臉尷尬，他們不知道怎麼面對少女之間無端無由的惡意，因為他們已然褪下獸皮而為成人，忘記了獸的世界是多麼機巧陰暗，危機往往引爆於地底，像一座處處埋伏地雷的水晶迷宮，一旦失卻探路的直覺便粉身碎骨。

我盡全力維持與眾孔雀少女們和氣融融的假象，卻僅僅持續了一學期，幾個月後，我就被少女們合力給遺棄了。沒有原因，沒有徵兆——但也許是有的，回想起來，猜測是圈子的表面張力到了極致，圈內的人口數也太過擁擠，我原先追從的那群少女們，不多不少剛好七個，少了我，也不多不少恰恰七個，而此刻，剛好有一名也是摺了裙腰、漂白了制服布衣、燙著掛麵直髮的女孩L。L有原住民血統，一雙深邃大眼搭配黝亮黑髮和深棕色肌膚，成績普通但運動細胞活躍，在操場上奔馳時如一頭健矯削瘦的幼羚，渾身散發一股鄉下少女的粗線條的純潔，那純潔感相當教人新鮮。L拚了命努力要擠進圈子內，為了被孔雀們頷首接納，她努力的程度更甚於我數倍。我見證L學習孔雀的語言的過程，也親眼看過L隨著孔雀們一同欺啄雜雀和弱雞，看過她寫下惡毒的玩笑紙條傳遞全班，看過她陪著獸中的小后大聲嚷嚷著她們看不順眼的其他少女們的惡言惡語，憑藉少女驚人的學習力與模仿能耐，這一套L很快便嫻熟上手。做得比我更好，比我更露骨。

也許是非我族類太恐怖，無論如何都得要團結歸屬，每回早晨模擬考前，少女們排隊如廁的時候，當我與L擦肩而過，總是側身讓她先行洗手離去，彷彿自己覺得該感謝、欽服她那股不要命的篤定勁兒。

為甚麼是我？又為甚麼是L？我知道L不是故意針對我，或許連她自己也沒料到，結果被排除的那個會是我。團體裡的領導ㄆ，出於不忍或不屑，同學探問她時只淡淡拋下一句：「沒有啊。本來就沒事啊。」但人有眼睛，每個人都看見了我被拋棄在教室的角落，一個人悲悲慘慘地走去上美術課，體育課時獨自一個人跑操場，頂著一具肥胖的身軀和僵硬的自然鬈，整整兩個月，我抬頭挺胸、面色自若地上課，讀書，考試，通車，座位從最後一排搬到教室第一排。我放棄珍貴的午休時間，撐著疼痛漲裂的頭顱重複複習、計算、複習再計算。那個暑期輔導，我的模擬考成績得了全校第二，按校規，全校前數名的學生可以得到一個綠色雛鳥形小獎章：紅鳥是榮譽，藍鳥是傑出，綠鳥是智慧，學生們將獎章別在書包最顯眼處，像早早便被釘上標本架的蝴蝶。

我沒有錯，只是錯誤選中了我。像被錯誤之神眷顧的其他人一樣，沒甚麼值得羞恥。

一旦你被某個團體排斥，你身上便會散發出一種失敗者的氣味，旁人即使同情你，也不敢輕易地靠近，怕被那股氣味給染上，下一個跌跤的就是自己。整整兩個月時間，我獨來獨往的身形，在喜愛成群結伴、到處有女孩親熱地手挽手上廁所的校園裡格外刺眼。在女校裡，落單分子若非甘願自在的獨行俠，就是像我一樣被圈子驅逐的Loser。

後來，同樣缺乏原因地，ㄆ突然間遞出了薄薄的善意：某次班上輪流傳閱著刨冰涼飲的訂購單，ㄆ圈畫完她要的甜品後，直接指明將單子遞給最前排的我，我回頭看ㄆ，她露出狡黠純真的笑容，對我瞇起小貓般的眼睛。那一瞬間，我知道自己獲得了緩刑。抑或者，我也接受了這份最廉價的和解。身為廉價之人，接受廉價的善行，沒有甚麼好再多奢求的了。

少女如獸。每當我在公車上、路上、捷運上，在這座城市的各個地方，看見結群行走的，花朵般春意蕩漾的高校女生們，我都知道，在那燦爛青春的花蕊底下，埋藏著一張小獸的臉容。

經常地，我也會在這座城市的許多角落，撞見落單的少女。少女一臉愁容，兩頰布滿青春痘的痕跡，制服邋遢地胡亂塞進裙腰，裙襬太皺且過膝，腰身粗圓。我暗自知道她是如何被追獵，被捕獲，被吞噬，乃至失去了自由和自尊。我想像她的痛苦與壓抑，一如年少時，我胸腔間無可名狀的憤怒與自卑。如果可以，我希望自己能對她說：那只是獸而已，只是團簇的年輕的孔雀，群集的美麗的惡意，不需要太過害怕。

因為，等獸老去、孔雀脫羽的那一刻，所謂的銳爪尖牙、華美羽冠，也不過就成了布滿皺紋的頹敗皮囊。和你一樣，和我一樣。

母親

那是我看過少數母親年輕時的風景。

照片裡，母親穿著海藍色牛仔喇叭褲，搭一件鵝黃色無袖雪紡短襯衫，站在不知名的草原上。風把寬大的褲口吹得一掀一掀，年輕的母親一頭黝黑長髮，隨風飄散，幾縷髮絲斜飛，微微沾附著鼻梁上一副厚厚金邊眼鏡。

「大學的時候，我體重才只有五十七公斤哪。」母親指著照片，驕傲地向我宣告。

整個青春期，我的腰肩越趨臃腫，個頭飆長不止，和同學齡男孩子並排站立，總是高出整整一個頭加上半條寬臂膀。隊伍中的我，總感覺自己像是頭怪物，升上國中後，自卑比緊箍的胸照鋼圈更嵌身。那件喇叭褲，廟鐘般寬闊褲腳和收細腰身，遂充當了我青春期發育時一個奢侈的白日夢。它是一項啟端，一個殘酷預言，讓人首次意識到肉體是這麼沉重，容易發臭，經常脫逸控制而使人蒙羞。

學期初，保健處輪流到各班量身高體重，那鑲嵌指針的鐵塊在我眼裡，無異於屈辱的絞刑臺。不分男女胖瘦，學校護士粗魯地把一具具還沒固定形狀的身體抓上體重計，公然揭穿你的高度，你的形狀，寬衣寬袖企圖遮掩的鬼心眼，以及躲藏在汗濕的腋下的微小的尊嚴。

因故，青春期剛開始的小學高年級，我已學會咬緊腮幫，面對現實荒涼和事不遂願。我躲進OUTLET平價賣場試衣間，避人眼目把自己套進大號剪裁布料裡，從迷宮般一扇扇鏡面門後溜出，眼皮也不敢抬地對店員呢喃：我要這件謝謝。近乎低聲下氣，只求別人別多打量我一眼。

與之同步，我知道了憎恨自己與羨妒他人是怎麼一回事。我多麼嫉妒那些有著光滑雪白小藕似兩條臂膀、動不動便綁起制服、袒露一截小蠻腰的孔雀般的女孩子，她們不費吹灰之力便得到一副曼妙身軀，姣好的眼眉對著鄰班男生一勾一勾，恣意演示一齣齣青春銷魂戲碼，而初長為少女的我卻最怕夏天，溽暑天氣下日子難熬，縱使將制服腰帶往內硬縮兩個扣眼，仍不免腰際推出一圈贅肉，鎮日浸泡汗漬後嚴重過敏，搔癢難耐，然而隔天腰身還是往死裡勒。其他女孩子握著寵愛她們的父母長輩給的一疊疊鈔票，去西門町路邊攤尋購一雙十元的豔色鞋帶，鞋帶穿入制服下襬縫隙處再繞一圈紮起，腰身便有了花苞懸垂的妖冶，或是制服裙頭反捲、褶線燙平，露出一對色如乳玉的光裸腿膝，而教官不允許的蓬鬆泡泡襪僅在公車上穿給鄰校男生看，一進教室趕緊換下，佯裝無事去廁所梳理一頭及肩秀鬃。

而少女的我則會趁無人在家時潛入父母親的臥房（因臥房是家裡唯一有全身鏡的地方），在鏡子前褪下衣物，審視鏡中腫脹飽滿、毫無曲線的身體，拚命使勁地擠捏手臂、腹側贅肉，幻想拿著無痛不出血的神奇刀刃，一刀一刀將自己的身體削薄、窅細，肥肉盡除，最終成為無。

即使這麼痛苦無力，卻依舊無法避免的嚮往變身為漫畫或電視上的姣好少女標本，追求可愛、變漂亮，節攢稀少的零用錢去買一枚當時留行的雞蛋花瓣髮飾。其實，雞蛋花牡丹花，石頭貝殼怎樣都好，只要和其他人一樣就好。少女的我所攢著的，僅僅是這麼一點卑微的想望。

在滿布陷阱的青春狩獵場，連這一丁點的想望也是巨大的奢求。對身體的抗拒長年纏擾像影子豺狼，尖銳與卑屈勾動牠們嗅覺，精確鎖定下手目標。狩捕者和被獵者背對背地擠在同一具身體裡，行進著永恆的追殺與逃亡，各人尋找各人的脫身路線，暗自硬擠開一點空隙，一口呼吸，一絲可能，祈禱隱瞞得夠久夠高明，總有一天將能步出峽谷暗影處，跨越分界線到光明美麗的那一邊。那時，所有祕密將釀作蜜露，滴過的眼淚使薔薇盛放。

所以，十四歲時我自作主張決定減重，這起微不足道的個人行為，在家人眼裡卻成了噩兆，象徵著這個乖乖讀書的肥胖女兒開始有了自我身體的意識，父親和母親察覺到這一點，家庭控制系統面板上的警示燈立即紅光大作，我纏著母親哀求她按照網路食譜烹調減肥湯，我不需要瘦得像皮包骨，只求體重降下三四格數就滿足了。喫減肥湯喫了一陣子，體重卻絲毫不減。後來才知道，母親根本沒按表操課，而加了食譜沒寫的一些有的沒有的食材。

母親心底大概是怕我餓著，也怕我追求外表分心了讀書。但我從那時就已經是倔強而自尊心極強的性子。那是第一次減肥失敗，之後數十年，我不斷地與自己的身體鬥爭，極盡能事地用盡各種方法追求纖瘦苗條。

父親只是冷冷打量著面色頹喪的我，用令人寒噤的語氣說：減甚麼肥？妳跟妳媽一樣就行了。

我知道父親意指者並非年輕時燦美如花、一頭秀髮的少女母親，而是替他生養了三個孩子的、如今身材已然變形、眼角綴滿魚尾紋的中年的母親。我不想要像這樣的母親，我想要成為另一個自己，我想要親手握緊意志的刀刃，一片一片地，將臃腫的肉體削薄、箚細，肥肉盡除，最終趨近於無。但沒有人能理解每天每天憎恨自己身體的折磨，那是一座肉造的地獄，我在其中因他人的眼光與嘲弄心驚膽跳、羞憤欲死。

他們僅僅是將我的自卑與痛苦視作叛逆期的徵兆，必須高度壓抑，免得枝節橫生。

母親有一張紋路極密的臉，疏淡的眉毛挨著深陷的雙眼皮，眼角勾勾纏纏牽出許多憂愁的網絡，那使母親即使在笑的時候，看起來也仍舊許多地心事忡忡。

整整五年的時間，我與母親是不說話的，即使偶爾透過LINE談話，也充滿了口角與爭執。那些爭執多半是關於父親的。長久以來，在家中，我與父親的爭端深深憂愁著母親，而作為順從的妻子，履行全盡的母職，多半時候，母親願意選擇了站在父親那一邊。她傾力信仰著唯有維護父親的尊嚴，這個家才得以維持。

妳父親不是不講道理的人。母親再三再三地說過。

不。我說。

我曾經恨過我的母親。

整整五年的時日，我不與母親進行任何正常或親暱的母女之間的交談，甚而連見面的意願也沒有。我怨恨著她的膽怯與嬌弱一如我怨恨著父親的驕縱與專橫，我曾經立誓無論如何，絕對不嫁給父親那樣的男人，絕對不成為母親那樣的女人。我不知道自己成功了沒有，但事後母親說，那五年裡，她想起我就掉眼淚，她反覆地想自己究竟做錯了甚麼，為甚麼自己的孩子會棄她而去？

很多時候，身為家庭這組有機體的一分子，你無從選擇自己的位置。你是父親，你是母親，你是孩子。你的威嚴必須捍衛，你的溫柔必須維繫，你的乖順必得裝扮，你僅能緊緊握住手中那唯一一張牌，不管牌面是好或壞，是黑桃十或梅花三，你亦僅能直直地朝你面前那人丟擲出去，一攤手便現了形。

我天生並不握有一副好牌，而母親的牌面則更加悲涼。母親有著格外崎嶇的身世，她有著兩個父親，兩個母親，五個四十歲後才見到面的兄弟姊妹。對於這一切，年少的我僅能略事知曉其大概，像從毛玻璃造的窗外努力偷覷，而窗內的一角，某人正在說一個關於命運和巧合的故事，那人對著虛空說，對著灰塵說，最終也僅僅對著自己說。

那樣的室內風景，也許便是母親心內的荒原罷。而我太年輕，年輕得不足以理解過他人有他人的荒野，那樣的荒野風光產下了我，我遂成為一名野地的子嗣。

那一天，是五年來第一次與母親見面，站在寒風裡的母親提著兩隻保溫盒，裡面裝著她煮的水煮花生和魚湯，都是年輕時在家裡吃慣了的口味。

母親說，這個給妳。

母親穿著舊損的風衣外套，牛仔褲，沒戴帽子，風掀起她的瀏海，露出額上縱橫的皺紋。

捷運站出口冷風冽冽，我們就在出站口講了五分鐘的話，多半是天冷了，要多保暖，多穿衣。母親對於我長期棄她不顧的事實絕口不提，只問吃的夠不夠，有沒有缺甚麼。

夠了，我說。都夠的。

神在

夢中人

I

那是我第一次夢見爺爺，也是唯一的一次。

夢中，爺爺在眷村家中的客廳，鬆身臥進一隻舊搖椅。午後日光從老玻璃窗層層篩落，將他的身影浸得透明，如同記憶的疊影。事實上，這場夢本身即是記憶的複製，如細筆描畫日常一小片面再迅速拓蓋，如時光的水缸溢出的沓痕。

他安然側臥椅中，背對著我，迎著光線，空氣裡盤旋著薔薇色的塵埃，搖落他鼠銀色的鬢角，再飄上眷村人家炭紅色的屋梁。

一九四九年，上萬無名軍人漂漂蕩蕩欲渡海峽。本來是鄉下私塾先生的爺爺，挾著消息在混亂中登船，大海將他拋進高雄港，再游進小眷村裡的一間平房。時代贈給他一名年輕河南姑娘。姑娘有豐滿的胸脯，濃密的捲髮，在島的南端，他們倆孵育了一小撮人，延續了從海濤間偷取的姓氏。

遇見爺爺時，我太小他卻太老，老得顏色淡褪，像部僅剪接了下半的紀錄片。他就在這樣的殘餘裡生活，緬懷那丟失於時代荒野的上半部。他習慣了在贕下的半部裡良久沉默著，想當初倉皇成了家，那河南姑娘為他生養了兩女三男。於是，自治新村的人口增加了，一屋子七張嘴。嘴們要喫飯，要說話，要吵架。一窩雛鳥，全身羽冠沒長齊，只張大喉嚨對他喊：餓。

我是第一個、也是唯一一個見過我爺爺的孫執輩。嚴格來說，我爺爺並不是標準軍人，他溫吞寡言，做的是文書代筆，有時把稚齡孫女端在膝頭，一句句教念《唐詩三百首》——少小離家老大回，鄉音無改鬢毛衰。

不過，無論你做或不做甚麼事，對屬於你和不屬於你的黨來說並沒有分別。國家也有兩張嘴，日夜複述兩套截然相反的主張，無論投奔哪一方，那些赤腳瘦弱的庶民兵從泥沼荒草劈出的道路早走了樣。

作為父親，我爺爺和他那一代人都不一樣。他管教小孩不動棍子也不操粗口，藤條衣架一向是把在奶奶手裡。我爺爺掌的是大道之舵，他將兒子分別命名為建國、衛國和復國，這批分娩自黨國人工產道的名字，暗中操御了其族裔和其他外省離民的流向，這批被現世棄守的普通人聚居海峽彼端，以各種方言鑄鍊自囚的銬鎖，代代不得脫身。

II

有時，我會想起這些女人。她們因不懂讀寫而心懷猜疑，世界如大河，河面滿滿擁擠漂浮著無可辨識的筆畫、撇捺、勾轉，像一尾尾鱗尾相似卻物種全異的魚任一條顛騰魚身，便能決定她們此刻或往後數十年的幸或不幸。

她們這一代人是從嘴裡長出來的：自己的嘴，旁人的嘴，不相干的嘴，甚至已然死去的嘴。對於任何書面的文件既疑且畏，憑著猜測與鄰舍指點，方塊字化作軟春泥，房門半掩的暗夜八卦，市場流淌的雨水流言，粗粗雕定了生活的形狀：封閉，殘缺，危險，如一具粗製濫造的破舟，在現實風雨裡，搖搖晃晃地拴著自己。

這家的女人總是不太笑的。不分時地，女人總能生出不快樂的原因。現實困頓和父親丈夫的獨斷是枯黃的荊棘球，在腹裡削絞，口中嚼蠟。

大姑媽和一般女人相同，她捱了幾十年捱拄自己家，捱到丈夫死了兒子也大了，她得奉出一顆腎作為和命運交易的代價，換取她眼眼盼盼一小撮碎渣殘滓的留白。

這便是自由了嗎？每個月，大姑媽拖著浮腫的身軀進洗腎中心，電動門開闔的片刻，從縫隙鑽入一絲微風，輕柔拂動她稀疏的額髮。命運的篩籃搖兩搖，篩去健康美貌，結髮誓盟。自由是一隻幽靈的手，在篩籃底捅破一只窟窿，沒有入口也沒有出口。

和大姊不同，二姑媽天生像明星，卻走了錯誤的腳本，演了一齣荒誕戲。少女時，二姑媽加入了黨外運動，她把自己裝進迎風搖曳的裙襬，婷婷立於大街，一雙素手發派某人士交付給她的傳單，沒留意周圍門窗已噤聲，周圍數十里，僅有一株大榕綠鬚搖曳，衝她嘆：莫望、莫望。

她至今無法理解，自己當年渴望的生活是多麼不合時宜。革命的浪漫焰火還沒引燃，憲兵和警察已捶響大門。她在膽怯中垂下雙手。她雖再不去街上發傳單，但心裡從未放棄過那個原本可能鮮豔轟烈的自己。於是，她草草地結婚又離了婚，留著一對雙胞胎女兒。

在其他家人眼底，曾鮮豔如花的少女二姑媽已是一名叛徒，一記疤傷，一行最好莫出聲的啞句。整起事件到最後，其實是她身為女人的報復：向無能庇護她的家，背棄信諾她的黨，肅抄警戒她的國，以及從少女剎那萎為庸婦的自己，絕不遺忘，故從不原諒。

長女與次女——我的姑媽們——若芳和綺芳。臨水嬌豔，綺麗芳華。這樣的命名想必來自寡言的父親對於女兒們心存的幾分溫柔，與時代無關，與貧窮無關。與村裡灰黃的泥地、路邊無人搖盪的鞦韆無關。與巷口百無聊賴的跛腳狗亦無關。受營養不良的歲月餵養的鮮花，注定要空凋一整株的奢望。

III

之後，我沒在別處見過和爺爺家一樣的房子：屋子架構是狹長的方形，門板長年漆得豔紅，即便裝了門鈴，孩子還是喜歡掀起門把處一只鐵圓圈，把門板敲得鏘鏘響，才有一種正式宣告「我來也」的氛圍。一入門，先是小小的前院，院旁矮梯直上屋頂，黑色魚鱗般的瓦片吸飽了南部的陽光，小孩最喜歡攀上屋瓦，戰戰兢兢站上瓦梁像走一小趟鋼索；瓦腳處留一小方空地，每戶各皆架起長竹竿，攤開一面面朱紅或翠玉的緞面被衣，被面繡花處迎光晾盪，一閃一閃，被面上的牡丹黃鶯鮮活欲飛……

下到一樓，拉開綠色舊紗門入客廳，腳底觸到粉灰色磨石子地，一陣清涼；這冰涼從客廳一路綿延到後端小書房，至中庭天井處便戛然而止，這裡的地面和外頭一樣是水泥，中央蹲著一座彩色細磁磚貼砌的洗衣槽，像一頭彩豔紋身的小象；水龍頭一扭，清水從短短的象鼻嘩嘩湧出——也許，得費一座小湖的水量，才能滌淨家庭生活的泥濘心事。

我不由得想著那艘船——那船晦暗沉默如鐵甲巨獸，傾開下顎夾帶，我爺爺側身於人群之中，沉默地靠岸在陌生的港，住進黨賜給他們的陌生的村，各自起一座座的屋頂，用僅賸的不完滿的這半生，力圖續寫一份稱不得完整、甚至有幾分心虛的族譜，泛黃脆紙上描繪一個個實實虛虛的人名，一家人擁擠又孤獨地過著日子。我爺爺必然像墜進兔子洞裡，又像一夢黃粱過去，醒來驚覺自己不知何時套上了宿命的戲裝，而他就該扮演一名失敗者，像他的妻子和兒女，一代代地將這這齣劇傳接續演下去。一批人挨肩擠背地窩在屋簷下裡，你瞇瞇我、我覷覷你，不小心碰了誰的肘子，便有在理不過地順勢翻臉。小齟小恨的長年積怨，使眷村家中成了抒發積忿的永恆舞臺。一面牆是一個詛咒，每增生一個房間，一塊磚，一片瓦，咒語的強度便隨之遞增，擁擠在一座屋頂下，貧窮從這個肩膀傳染到另一個肩膀，嫉妒從這具肉身分衍到下一具血脈，流入地底根系，成為一撮人共存共辱、相妒相恨的祕密。

過節過年，尤其是交換祕密又破壞祕密的絕佳時機，錯過又得捱上一年，婆媳母子兄弟妯娌方得以理直氣壯地圍聚在一室，眼瞪著眼，唾沫飆灑地狠狠撒一場野。開頭總是一些記憶瑣事，往事是淚瘡膿血，哪禁得起人挖掘，到後頭，便總變相為大是大非的戰鬥擂臺。

每晚，奶奶坐於一臺舊收音機前，充滿耐心地仔細調轉各家頻道，動作精細如修復珠寶的技師。這時已到了九〇年代末，離爺爺過世快要整整十年，誰都還沒知道左營的一座小小眷村中，一戶小小的人家裡的老婦人，守著迷你破舊的一臺收音機，收音機裡面，國長在大總統的嘴上，嘴長在槍管的喉嚨上，等發現國早沒了，還有一個家可以吵架，喫飯，睡覺。

眷村拆除前，每戶人家似乎都領到補助金，算是對他們人到暮年，卻不得不再度面臨一趟流徙的——撫慰嗎？或者嘉獎（他們如此順從的便遷離了村子）？總之，那裡頭沒有一絲一毫的愧疚或憂傷。那裡頭沒有過往，沒有未來，無法前進，卻不容許停留。他們進入村落，拆卸了一座座屋頂，屋內儲藏的時光和記憶，一霎眼迸流散溢，如無雷的閃電直通天際。那裡更無每每從眼眶奪湧出但咬牙強力抑制住的、火燎鐵熔一般的、眼淚自身的疼痛。

現在，那小小的安靜的眷村已經徹底消失了。熾烈日光下，那一床床明豔牡丹、翠鴨划水的柔軟鮮媚，曾在孩童眼前鮮活躍動，有著生命，意志，和語言……

過往溫暖斑斕，如今則棄子荒原。

IV

有時候，人會變作鬼，心頭空虛更作了幽魂的居所。焦慮的鬼魂擠滿潔淨的客廳、光亮的廚房和小巧的陽臺，爬上床鋪或藏身洗衣機內筒，彼處幽深無門、無處逃生。

逃生路線的匱乏，不時在人生特定時刻裡，自動重複播放，像一座囚閉的舞臺，缺乏觀眾，掌聲寥落，四座皆是記憶的幽靈，在角色的日常現實間穿梭飄遊。臺上時常發生一道忘詞的空白，脫妝的粉痕，戲劇化的暗影。演員演技拙劣，經常失去理智而任意脫稿。戲未散場，大夥便慨慨地自動疏散，來回逡巡數趟尋不見來時通路，彼此覷覷推推擠擠，油然一股空虛。

或許，這也是追索重生的另一條激進路線吧？畢竟，誰能夠把這龐然漫長人生密密盤算掌中，且毫無破綻闕漏？

至於那個日光溫煦的南部的下午，光線變幻如珍珠弧虹，在「舉頭望明月，低頭思故鄉」的悠長抑揚讀書聲裡，我毫無憂悒地睡去，渾然不知自己曾在那巨鯨般困滯淺灘的年月間，偎身於某人懷中，做過一場短短的美麗的夢。

彼岸花

我想我們都難再一次度過這地獄，這原本是我一個人的地獄，後來它越發擴張，終至連我身邊的每一個人都被吸納了進去，也包括你。

如果我說我還記得與你相遇時的情景，你會相信嗎？

我記得你還削瘦如一頭初生水鹿的模樣，眼睛裡盈爍著少年才有的乾淨閃電。爾後這些年你迅速地衰老下去，四肢浮腫眼神頹靡，迎風獵獵的飽滿額髮今已靜寂如一扇黑窗，窗內有百尺高的怒濤反覆拍擊頷岸，那曾經是我的地獄，如今也成為你的一部分，眾鬼結隊，羅漢毀碎，你總是說身體這裡那裡的疼痛不適，那是因為你體內也有了地獄。

你要跨越地獄，就像你最終跨越了我。

我習於愛上別人，並不間斷地浪擲我廉價的情感，在我們緊密不可分割的那數年的關係之間，竟然能容納許多的別人，我所到處，無數手腳眼睛被利刃斬砍，斷肢排列為刀林，骨節處猶見血滴，鮮血落地之處綻放出絕豔淒涼彼岸花，那是我們的黃泉路，沿途不見忘川蹤影。

沒有遺忘，從無原諒。無盡無垠的曼珠沙華在腳下在肘旁圍繞著開放，張揚它們猩紅的臉龐和眼珠，張望著幽冥地獄唯一的風景，幽冥路上僅我獨行。年輕的時候，我曾獨見指間的菸燼在微弱火光的底層漸次堆積出惡魔的形體，那接近幻覺的體驗使我知曉，這輩子自己必定要像干布國王，無論在地獄在人間都維持著野鬼形貌，要受數世惡報，讓猛獸齧咬，方證得因果不虛，人身是苦。

有時候，因為你，我深深地厭離這世間。人生無非是苦，一切如夢幻泡影。但我還記得與你相遇時的情景，那一次的相遇就像一切的相遇，你還擁有小鹿般的眼神，還相信我身上有你應許的善良與美麗。即使最後你因為不間斷地遭逢我所給予的背叛與離棄而怒火焚焚，但出於太多的捨不得之心，你化作一根繩索，勉強出著力氣拖著我往前走，走去你固執認定的應許之地，那裡有普通的生活，有平靜的時日，有年輕的我們曾一起砌造的夢的建築。

但是我們所共度的兩千多個日子，是兩千多座微小的堅硬的地獄，地獄之路盡荊棘盡冰雪，即使是躲避風雪的窟穴，彼此相對，也像烈焰燎身。

我也曾與他人共度時日，不管是籠統的「前情人」，或者更多連情人也算不上數的幾個對象，如今想起來只感覺恍惚，虛耗了一整趟的青春，我只顧著攫取貪圖，絲毫不考慮餽贈或付出，最終我越來越瘦越來越乾涸，像凋萎在地獄邊岸的獨株曼珠沙華，沒有雨水願意從我髮間降下。

我曾與他人共度時日，那一大段時日裡我活得渾渾噩噩，做著半吊子的工作，有一搭沒一搭地上班，百無聊賴地吃飯或做愛——往往只剩下做愛，剝去所有遮蔽物時，我從對方的瞳孔看見自己形體的倒影，那倒影比我自身的存在更真實，甚至血肉鮮活，比我本身所望見的自己的肉身更飽滿更美好。我一再地從一雙又一雙的瞳孔印證自己的存在，追求那霎時間燃燒又轉瞬熄滅的火光，藉枯薪以取暖，但心底冰凍的怪物如何也無法饜足。我能感受到它的銳爪，那樣急躁地搔刮著我的胸腔，呼喚我再度放它出柵。

它要自由放蕩，而你要安定生養。它藐視許諾，而你重諾如命。

我曾信誓旦旦地應允你不再餵養那獸，否則有一天，我就會真正化形為獸，不復為人。但身為獸的記憶太龐大太鮮明，在有時顯得枯燥無事的日子裡，獸的記憶透過身體召喚著我，引誘我去追逐，去狩獵，去拔腿狂奔。

等我終於奔回你身邊的時候，你已成為一棵新芽落盡的枯木，生氣凋靡。你說：妳去了哪裡？為甚麼要去那些地方？我說：我回來了。你說：沒辦法了，已經用完了。

彼岸花在你身後像一張碩大的血毯，漫天恣意鋪排開來。掩蓋住所有的語言，記憶，過去和未竟。

我終生都在尋找一縷微弱的忘川支流，飲下那水就能忘懷舊事，也許我該飲的並非河水而是岩漿，讓自己體內褪謝不去的殘破敗壞之物，順著灼喉撕胸的疼痛一點一滴地滌去。但我卻選擇在皮膚上刺上更多圖文，欲以針戳的痛苦抵銷身體的罪行。七記刺青像七宗罪狀，記載了我半生以來犯下的傲貪妒惰，你對其嗤之以鼻，你不信這套，不信我的悔罪與虛無，更再不會信步踏進我的地獄。

你嘗試著離開我，我也嘗試著忘棄你。水鹿已然遁逸，森林崩塌為廢墟，溪流萎縮成心臟膜壁上黑色狹窄的管脈；你的心曾經像百合那麼新鮮芬芳，花老開落，一根一根蕊芯枯萎凋垂，花粉散盡，瓣落葉零，終於再無故事可繼敘。

記憶之屋

孩子時，記憶都是不精確的，像一間水淹過火舔過的屋子，那是時光洪流，人事烈焰。屋子隨著住在裡面的人們而壞毀而衰老，而公公和婆婆的屋子，便是這樣的一間壞屋。公公和婆婆在這座日漸傾頹、壁癌孳生的屋子裡頭住了一輩子。

「公公」和「婆婆」，在廣東話裡的意思是「爺爺」和「奶奶」，我甫出生時，母親便被要求日後孩子們得這樣喚他兩人。但婆婆真正的位置，其實是母親的養母。關於這段羅生門，當我讀國中時，被父母神祕地帶去親生的外婆家之後，也未能真正解開。

但總之，我和弟在讀小學以前，因為母親必須到處兼課，一放學，我們就往這間屋子裡去，那時候屋子還是年輕的，充滿了灑落的日照，院子裡草木織綠。一進門，便有涼蜂蜜水、點心和水果喫。當我年紀更稚幼些、弟還沒出生時，公公會早起泡牛奶，守著我等我喝完，再握著我的小手，走五分鐘的路去上幼稚園。

我不喜歡奶粉的味道，總是勉強逼自己喝下，有一次，剛出門沒走兩步路，我就在路邊把剛剛喝下的溫牛奶，哇地一聲全吐在胸前的圍兜上。

公公替我洗澡，婆婆下廚做飯。我陪著公公看電視、看報紙，不時探進廚房看那時還年輕健壯的婆婆，穿著合身的家居旗袍，優雅地在砧板上切魚剁肉。

年輕的婆婆有自己的朋友——一對和她年紀相仿的中年夫妻，他們住在城區的某一幢公寓，大門後是一道老電梯，直達他們家門前。幾層幾樓我早已忘卻，但還記得每週大約一到兩回，婆婆會牽著我出門搭計程車，從永和小鎮出發，搭到這座城市的某處，下車，一起將身體送進電梯口，按響中年夫妻家的門鈴，領我進門後，要我好好聽話地在他們家待著，接著，婆婆便神祕地消失在某處，直到傍晚才過來接我回去，一樣搭計程車回永和，一路上好像也沒說些甚麼，我也不曾問過一句。

那時我才是剛升上小學的年紀，權當是跟著大人去一趟短暫的郊遊，也從沒有鬧著回家，只覺得這對中年夫妻的家，於我就是一座小小的遊樂園，種種新鮮陌生，對我來說都是好玩。這對夫妻氣氛上感覺不大像有孩子的樣子，至少在我在場的那好些個完整的下午，從沒聽過他們之中任何一人拿起電話，說些父母和兒女之間的話。甚至連電話都是甚少響的。

那對中年夫妻的姓名至今也忘了，但就是他們家中格局記得清清楚楚。老式的房子喜歡做一種類似拱門狀的過廊，除了美觀沒甚麼大用，他們家也有一座，我老愛把那拱門的圓弧當作溜滑梯，盡量踮高腳尖，把臀部擺在半圓形處，然後放低身子，慢慢地往下滑，享受水泥的冰涼與堅硬。

這遊戲是百玩不厭的，另一個不厭膩的樂趣則是擅自跑進那先生的書房，記憶裡，書房內有一張大書桌，面著一扇大窗，午後的陽光總是洋洋灑灑地穿透窗簾，將書房中的所有物事鍍上金箔。書桌上有一隻水晶紙鎮，握在手中又沉又涼，像一頭沉默的水母，在透明的日光海洋中靜靜地躺在掌心。

在他們家總是要喫飯的。為了我，夫妻兩人特地在廚房邊擺了一張組合式的小桌，我也愛擠在桌邊，看他們在廚房與客廳間踱進踱出，兩個人像觀賞某隻珍奇小獸般，在我背後嘖嘖稱奇地看我喫飯、喝水，在椅子上扭來扭去。

他們總是不停盯溜著我，誇讚我好乖好聽話，真是個好孩子。我從小就喜歡被人們讚美和注意，即使只是六、七歲的幼齡，也充分地感到某種愉快的虛榮。因此我更加學會撒嬌和放肆，但同時也扮演某種乖巧的么女，招我喫食，我便乖乖坐在小桌邊，記得那妻子特別擅長豆乾炒小魚，我也不無炫耀地努力添飯挾菜，邊扒著白飯邊聽他倆輪流誇獎——真是個好孩子，多麼乖啊，多麼聽話啊。誇獎話語拌著白飯湯汁，越喫越起勁。我向來是個平庸的孩子，這樣的凝視大大地滿足了我心底空虛自卑的那一塊。於是我更加努力地扒飯挾菜，喝水，故作嬌態地攀著桌緣，喫罷放下飯碗，便愛嬌地黏在那妻子身畔，嗅聞她尚未卸下的圍裙上的油煙混雜的濁濃氣息，那股氣息融入她耳後和腰背滲出的汗水味，像一尾汗濕淋漓的金魚，在混濁的水窪中靜靜游划，令人奇異地感到安心。

但也忘記從哪一年起，婆婆便不再把我寄送去那對夫妻家中，那十幾個下午像夢一樣流過我貧乏凡庸的童年生活，匯集至時光的河口，消弭無蹤。後來，我問起母親，想要確認這段回憶的真確度，母親回答我：沒有沒有，沒有這件事情，你小時候都是婆婆照顧的。我還欲待描述那中年夫妻家的格局、家具的擺設，那座拱門，那隻水晶紙鎮，以及在那屋子裡喫過的好幾餐飯，他們家擠在廚房邊邊、專為我而設的簡易塑料餐桌——

母親卻意外篤定地說：沒有這回事，你記錯了。

我讀研究所第一年的年尾，公公躺進了病床，之後便一臥不起。住院來得非常突然，接著，公公很快地便過世了。

公公走後，才聽說他同時罹患上鼻咽癌以及胃癌。公公一向身形清瘦，後來愈到走前，整個人愈發地瘦削，像一根被拔光了葉子的細竹，靜靜地巍巍地躺著，便有濃郁的涼意從他嶙峋的身上透出，像極了竹在風裡，剝淨了身上的葉肉，只剩骨節透出一點活意。

從此，屋子裡只剩下婆婆一個人。面對記憶與聽力皆日漸減退的衰老的婆婆，我也沒曾真的問起過那對夫妻的事。那些事屬於往日的流光，屬於被老舊窗簾篩落過的午後的光線，一眨眼，便是沉沉的暮色的暗夜。

那村

那村子已經不在了。

大概是整整兩年前，我曾試圖回去找過那村子。但那小小的偏闇的村落，就像烈日朝露，在高雄的豔陽下蒸發得無形無蹤。

實際上，村子消失時，其實是更早幾年前，當我還在N大讀書的時候，村子便一聲不響的拆遷了。我三、四歲時即逝世的爺爺，沒見到他那間紅漆朱門、窄長平房的解體光景，但長壽得多的奶奶，則不得不隨著村子拆落而搬了出去，住進村子外面的一棟四層透天厝。

一間間規格大小一模一樣的房子，一個個看起來身量表情一模一樣的老人，是眷村不可或缺的背景構成。曾讀到一本散文集裡寫著那些村子（那應是袁瓊瓊的《滄桑備忘錄》），大意是形容：眷村是獨立於真實之外的聚落，因為均等的貧窮，使人情之間毫無隱私，人與人像美援麵粉和著「硬水」旋攪，麵糊糊地拉扯成一團，誰家都知道誰家一些私底下掀掀嘴角，才能說點兒的事。

愛河尚未整治完好前，我們說高雄的水是硬的，喝到嘴裡又鹹又澀，簡直不像是水，更像某種貧窮的滋味。也只有小時候才喝到過「硬水」，因為只有做小孩子的那幾年，我們才比較常回去村裡。從永和開車到左營，運氣好點，也是八個小時起跳，途中經過好幾處休息站，經過休息站就非得下車不可，否則誰也不知道下一個解放點該在幾個鐘頭以後才碰到。

現在我還記得，那股從休息站廁所掩蓋不住竄到鼻前的尿騷味，一下車便燻得反胃欲吐，又不得不往氣味最濃處去，憋住呼吸草率地解了手。父親通常會買烤香腸、大蒜、魚丸湯、炒米粉回車上，給車上眾人輪流傳食。小時候，開車南下的人只有父母、大弟和我，我母親那些年身材還未發福，一雙姊弟也只是沒發育的小鬼，三個人在四人座福特的後座還寬寬裕裕的。等到我上了國中，身體開始吹氣球似的急遽變胖，僅小我四歲的弟也開始迅速竄高，那車便快快地窄了起來，加上身材原就闊大的父親，四個人肩膀仄著肩膀，擠過一座座休息站，從天亮到天黑整整八、九個小時，每人壓著一肚子怨氣，這時，村就在眼前了。

車轉進村子口，天空早濛濛地暗了下來，偶爾，還能看見一抹南部黃昏的尾巴，像一掛太軟的黃麵條，無精打采地掛在天上。我們迫不及待地推開車門，認出爺爺那間有著紅漆鐵門的平房，鏘鏘攏響嵌在門上的鐵環，等我奶奶從屋子最後邊的廚房，一路慢慢地趿著拖鞋來開門，對我們咧開一口白牙，對我和大弟喊著：「吮（舜）華，莞（貫）中，輝（回）來啦！快緊（進）來喫返（飯）！」

我們走進不見光的客廳，全身上下浸入眷村夜晚的陰涼光色裡，經過叔叔以前在家中的臥房、洗衣服的天井、爺爺奶奶以前的臥室（靠天井的窗下擺著一張白鐵床架的雙人床和梳妝臺，床下堆滿裝著繩頭、針線、鈕扣和零碎雜物的眾多紙盒），再推開綠色的老紗門，就進到了村屋的廚房。廚房中一張圓形大桌，擺著我奶奶炸的一疊疊肉排骨，一個個渾圓欲睏的外省老麵韭菜餃子，一整鍋白米飯，糜著在熱天裡擱了太久的微酸氣息。我們到屋子最後頭的天井，去鋪著馬賽克五彩碎石的浴室裡洗手洗臉，終於能挨著桌子坐下，鬆一鬆繃緊了整天的臀部和神經。動箸間，大都是晚上九點鐘了。

我不能說自己多麼了解外省那一代，這一生除了父系與母系的血緣枝節牽連，其實根本沒能認識幾個外省人。不過，我所知道的外省人，性格裡多少都有些沉僻，這樣的說法，當然也包括了我自己。直到今日，省籍依然是敏感話題，在飯局上，在辦公桌間的閒聊間，有太多機會，不得不透露自己不諳臺語，這時，旁人通常以某種恍然神情，寬容地對我笑笑：「哦，妳是外省人。」那種明白的表情讓我知道，我不只是外省人，對你們來說，我其實仍舊是個外人。

現在，在人群間揮舞復國旗幟、放聲高喊出自己鄉歸何處，再不會有人將其視之為英雄行為——這不僅是時代性的不合時宜，更像是過氣色衰的豔星，悲悲涼涼地下海再也無幾雙手捧場。我們輕視著外省第二代的歸鄉妄念，可憐第一代無望的返鄉執念，他們夏天寄金子回自己不能歸的老家，冬天贈羽絨給那年紀可能比自己還輕的故鄉父老，而早就在各種認同擺盪中選擇了逆離血親族譜、閉口不提出身祖籍如我者，則在小風小雨中走上街頭（每次上街頭奇怪地必定會下雨），隨著各種學生運動和示威遊行，緩慢地揮拳高呼：反媒體中資，反政府獨裁，反土地徵收——當獨裁成為事實，革命就是義務。我們太需要革命也太熟悉革命，每一個脫離了祖國認同的外省第三代，無一不是從自己家裡革命跑出來的野孩叛徒。革自己的命，刨自己的根，棄自己的墳。但我們各自之間，實際上又渴望著被群體接納，被這座我們生長的且深愛著的島嶼接納。當我們在街頭相遇，當我們在酒桌上，在教室裡，突然撞見一個一看即知非本省籍的姓氏。該怎麼樣才能情願地、溫柔地、不帶重量地，像小心揭開傷痂上的紗布那樣，從最自然的情況，遞給彼此一個眼神？且在這一瞥之瞬間，又務必需於幾分之幾秒鐘內，精確地傳達給對方某種孤獨但不孤傲、同理而非同情的神態？

這太困難了。畢竟，到我已經是外省第三代了（且很可能並不會有第四代——因為經濟的或社會的因素——或其實是出於我們意願裡對繁衍義務的抗拒）。我們的命運，我們的天生的定調，是否真像那女小說家以溫婉好教養嗓音所吐露的：人皆孤島，而外省人更是。一個外省家庭和另一個外省家庭之間，是一座又一座的僻遺之島，碰不到土亦接不上岸，只能乾望著那思思念念的故國原鄉的海市蜃樓之種種，並挨次從反向推往遺忘的海域。

故鄉每死去一名（不管血緣多牽強遙遠）的親人，訃聞寄到臺灣時，那第一代或第二代的外省靈魂，便從自己裡面再死過一次。

我只是很單純地，想回去看看那村子，看看那朱色油亮的紅漆鐵門，看看我奶奶晾出一攤又一攤花棉被的天臺。那天臺，說穿了只是架在一樓房頂空地上的幾個鐵架子，往下一蹲，屁股就跌在被左營的太陽曬得燥燙的黑屋瓦片上。晚上，從屋子中央、兩扇老綠紗門之間的天井抬頭看天空，沉默的星星，朝水泥搗衣方槽裡餘下未曬乾的一小片水窪，投下破破碎碎的透明的影子。

但是，遠在歷史偷取了我們的信任，在我背棄了家譜的訓持，在記憶中奶奶親手將爺爺的維生氧氣管拔掉，在這一切之前，所有的村子早已不復存在了。

第二章

逐路者

N街筆記

我在這條街上走了七年。

街其實有一個名字，名為N。N街北接D橋，D橋是從街通往市區的唯一的途徑；往南，則分歧為兩個區域：坐擁巨獸、水鳥與夜行蟲的動物園；另一邊，則是我讀書時仍荒煙蔓草、昆蟲與野草的腥氣四溢，如今卻已被茶香人聲洗滌殆盡的貓空山區；以及，據說情侶造訪必將分離的瓦敗草長指南宮。

步行N街，便知道這條街有多麼氣窄，窄得幾乎容不下兩車並行。更何況，白天街上總是人多，熙來攘往，全是湧出校門覓食的學生和教授。其中有幾家喫食是經常受眾人青睞的，每一家都宣稱自己價格便宜、分量十足——大馬南洋風味快餐、便宜大盤臺式炒飯、紅燒豆腐鴨血加麵免錢。早餐店雞蛋油花滋滋脆響、過午仍汲汲翻著蛋餅。滇南風味過橋米線，鍋湯菜一套僅需百元，師生雜坐併桌吸著熱湯鮮粉，汗滴親密摩沾彼此肘肩。道地臺味混血四川辛辣的四川熱炒，回鍋肉片厚實油量、豆干嫩腴，連洋蔥青椒也金燦耀眼。

喫一條街，約莫就這幾處好去。那時，校門旁還有一座涼亭，涼亭四周是吸菸區，小小一塊紅磚地板，擠滿了白霧氤氳，每一張臉各自藏身煙霧之後，即使在白晝，也只窺見數十點赤紅星火，吐息之間，閃爍都像流星。

不論白天黑夜，抽菸的人，也僅僅是錯身流過地那樣孤寂。

修鞋店，租書店，書局，手搖飲料，連鎖咖啡，水果店，便利商店，日用雜貨，大型超市，藥妝店，郵局……這些店家早就知曉，這條街上的人要喫飯，喜新鮮，偶爾生病，生性游離。他們在街上住過長長長長的好一段時日，每個都像倦怠的算命師，重複看著一座城滿了又空、空了又滿；找錢遞貨時從不隨便露出笑顏，好像若一微笑，便洩漏某種天機。

念大學的那些年，從頭到尾把街走了一遍又一遍。沒甚麼錢，沒有打工，也沒有來往的朋友，找不到理由拒絕回家。沿著校園裡的山路，上山上課，踏著悠緩蜿蜒的風雨走廊（我總把這條長廊想得太雅，自以為是《論語》裡頭「冠者五六人，童子六七人，浴乎沂，風乎舞雩，詠而歸。」的「風雩」），拖拖拉拉地駝著背脊、背著厚厚的文學史或聲韻學走上山腰，先經過傳播學院，再抵達有一株老鳳凰樹的文學院；若逢通識課，則得再往山上爬行，去外語學院或國際中心，聽教授足足念滿三個小時的英文詩。下課時，往往趕不上校內接駁公車，便逆著來時的順序慢慢走下山，坡度偏陡，得挺直了背、伸直了腰，一來一回，像從猿猴變成人類。

後來，我考上碩士班，同樣在N街，同樣的校園、山坡和鳳凰樹。我搬進研究生宿舍。住宿的兩年間，夜間十點或十一點，在宿舍雙人房窩得難熬，房間的一半領域屬於另一個陌生的房客，我受不了兩人之間無形界線分秒拉鋸的壓迫，便把自己套進T恤拖鞋，走出校門、去校園外圍的人行道，繞著一隻隻涼椅來來回回地走。我剛學會抽菸，談著沒有指望的戀愛，一次，兩次，十次，我撥著無回應的號碼，送出我不求回聲的心。每一次，最終還是狗群兇惡的吠聲讓我廢了念頭（校園裡常有一群惡犬出沒，伺機攻擊落單夜歸的女孩，我手無寸鐵，實在怕了牠們，一聽見狗吠就心慌），快快地過對街去便利商店買一包菸。年輕時總抽紅偉特：尼古丁濃郁，焦油香甜，價錢便宜。點起菸，回身往宿舍走，聽人家說宿舍河裡有水蛇，我便拖著腳步往河堤走去，一邊走一邊抽菸，一吸一吐，夜中散步的情侶和跑者用詫異的眼神盯我，而我盯著水中游動的黑霧，細長飄忽，幾近無形，因為形狀太過曖昧，既像是蛇身，也像我自己的倒影。

也聽說，河邊草長處常有螢火蟲飛舞，但我從未見過一絲半縷綠色的幽光。也許都被一根根的香菸喫掉了。

二十五歲之前，我放任自己過著夜行蟲似的日子。碩三學期初，因為無法再忍受與他人共用一室的宿舍生活，我逃亡也似離開了女生宿舍，半個下午，便找到了一間專租學生的四坪廉價雅房。房東是個瘦瘦的中年男人，每回打照面，臉色總是懨懨地，全然地不掩飾那無聊與倦怠。

我站在幾乎伸手便能觸碰不遠處橋下河堤草場的陽臺前，將整層租客共用的洗衣機、冰箱、浴室和曬衣架迅速瀏覽一回。縱使缺陷頗多，但貪圖一個月三千五百元的房租，立即簽了約。隔天，我和一個大學時的朋友，他開車，載著我和幾袋黑色塑膠袋（袋子裡是衣褲棉被床單一類布製品）、一只臉盆（擱著肥皂和牙刷）、一臺桌上型電腦和主機，住進這間隔音度為零的木板房。

公寓緊鄰著橋，橋腳下的生活大致依舊畫描——沒幾個錢，沒多少朋友，沒有固定交談的對象。我在這間傖薄的房裡，豢養出更熟稔的夜行本能。寫論文的一整年中，房間薄脆的木板牆和一張無床墊的單人床、一個塞滿現代文學書籍與論文影印紙的組合式書櫃、一臺五家房客共用的雙門舊冰箱，一日復一日地建砌、堆疊，最後建成一座破敗的城堡，沒有實體，只是輪廓；其間，常有細小的蟑螂匍匐於牆縫，像迷茫於虛無境地的貧窮流民。

晝伏夜出的作息更加植入身體，像一只巨大的時鐘，規制我日落而作，日出而息。日日晏起，我常去附近一家賣麵疙瘩的小喫店，店名「京華」，店內總飄逸各種揮之不散的煙雲滷香。這家店的好處是晚晚開門、早早休息；我常在下午一、兩點鐘走去店內，叫一盤炸餛飩、一碗擱著切碎小白菜葉片的麻醬麵疙瘩，再配上一塊嫩得連筷子也挾不上的滷豆腐——麻醬濃稠芬芳，麵疙瘩彈牙有味、小白菜鮮脆碧綠、滷豆腐軟嫩如雲霧，合算起來不過百元上下，對於得事事撙節的我來說，已是繁華一飯。

滷豆腐、麵疙瘩和炸餛飩，常在晚上七點提前或準時賣完，沒得喫也沒大礙，土地公廟前，鴨血臭豆腐攤半夜才開張。「政大烤場」的炸烤雞排，肉質柔嫩奇香，調味濃郁，喫畢往往引發更強烈的食慾。沒有招牌、被學生稱作「廢墟」的熱炒攤，炒麵炒飯都加進大量沙茶，一盤炒飯裡夾雜著油亮肉絲和翠綠菜葉，米粒分明，被醬油染得焦黃，分量足以讓成年男子捧腹喊撐。

有種蟬，總在黑暗裡褪殼。夜晚讓我脫離白日頹廢的人形，十幾本書從桌上攤到床上，每一本都被密密麻麻地貼滿彩色標籤、畫滿了粗細不一的重點。我像一隻頑固的大螞蟻，每天非要搬兩、三千字回巢才甘心。直到天光初亮，光線刺進整夜沒睡的眼眶，喚醒整夜沒進食的胃囊。樓下的早餐店清晨五點半開張，我總去點一份起司蛋餅加兩塊薯餅，再去對面馬路轉角的7-11抱回三四盒麥香紅茶。蛋餅三十元，薯餅三十元，麥香紅茶一盒十元，加起來恰恰不超過一百元，這種世俗瑣事，總是讓我非常快樂。

畢業後我搬離了街，一臺自家車，三包衣物加一架筆電，囊括了我在街上七年全部的生活。

而那街，就這樣一段接著一段地，走過便散佚了。

逐鞋者

早晨十時，二十四分，眼光向窗外一探，就知這世界再次辜負了自己。雨未停，無止無休像宿命，使手腳冰涼、搖顫顫似花肉凍，棉被衣褥永恆地泛著一層沉沉水光。

街上揚起色色面面的傘篷，走在騎樓下，從傘與牆的空隙節節閃避。撐傘人是盲目的，傘緣冰冷的水珠空投在無傘可歸者額上膀上，嘲弄一般地。

這雨下得像復仇，挑釁人習以為常的、平坦面光的生存之道，誰若想突圍而出，一隻看不見的冷手，便拽著那人頭髮往後拉曳，教他或她腳步踉蹌，一身狼狽。

雨水淫淫間出門，越走腳底越冰涼，再走十幾步，那涼感漸漸增生了重量，掖著幾分濕氣，從腳心透進胸口。一察看發現鞋已破底，膠底和鞋身接合的縫線被雨水泡爛，沉默地斷開一道裂口，像一抹粗俗的笑意往周邊擴散。

鞋破了，人開始學跳躍。腳步放輕放慢，閃避水窪凹坑，腳不著地像飄浮，眼光搜尋兩旁巷弄可有鞋店，腳底這幾片快各自分手的皮革，還能支持多久？鑽入無雨的室內，終於能夠定下心神，覷看鞋底的情狀。奇怪的是，明明是穿慣了的舊皮鞋，一旦破了，就像分別睜開一隻眼，各自覷著眼睛對望，竟油然有了窺視的姿態：號稱手工縫紉的繩身節節斷裂，曝開的綻口變作空，手指探進去又觸到實，那露白的幾吋尤其披露隱私，絲絲涼氣從破洞逼入，是一個不再完整的中性的提醒。

鞋一破，特別怕旁人低頭，明明只是六、七公分的裸露，被陌生的視線戳中，感覺卻像一絲不掛走大街——但鞋到底是怎麼穿壞的呢？我從當初買鞋的情況追想——八月初的高雄，炎炎溽暑，腳下蹬的假皮短靴被柏油馬路燙開兩道口子，宛若扒了皮的餃子，滾出兩團白皙肉餡。腳板浸入地面蒸騰的熱氣，幾顆碎礫扎入嫩肉，教人心焚跳腳。怎麼辦？

裹著兩片殘破的人工皮相，一路提著心口，步步咬著膽魄，拐進最近的商場，頭頂招牌三個大字：新堀江。週六正午，街市彷若空城，隨便挑一條路走了一圈到底，轉回來又走一圈，即使周身狼狽，還是記得不要買得太貴，兩邊店面框架中偶爾探出一張窺覷的臉孔：一個女生流著熱汗趿著破鞋，疾步奔走於空蕩蕩的街面，豈不是中了暑魔？

幾度猶豫，我折返到位在街身一半的一家鞋店，前額擠滿皺紋的老闆眼看我來，露出一絲叛家少女迷途知返的欣慰。我揀起店門口一雙手縫咖啡色小羊皮紳士鞋，掏出七張百元紙鈔，付帳穿鞋。

再牢固的鞋終會破損，再美豔的愛必將衰疲。彼時，我踏著新鞋沿原路返回，黏膩的海風裹住汗濕的皮膚，每走一步，都似掙破薄膜般重新蛻生。兩條街外的香蕉碼頭已標註好黃昏的霓虹，豔光與海鷗閃爍，那裡有我熱衷的愛人、新識的朋友。我去撐好一個微笑和勞動的角色，我應該撐這樣的一臺戲撐很多年了，但怎麼也不靠譜。

換鞋之後，再赴香蕉碼頭已整整隔了一年。我搭著計程車窗看湧動的人群，他們都穿著完好的鞋，心無罣礙地走路。我忍著暈車的反胃感和中暑頭疼，應付逼人的暑氣和交談，盡量不去想：我們此時此刻此地，究竟生產了甚麼意義？

再過一年，輪迴又臨，眼前鞋已破、夏已遠，美好時光皆淡逝。日常裡，初心都是惡意，生活不過狼狽，那恍若赤裸的錯覺，是我們習以為常了給貧窮以輕蔑、給弱者以眈視，對於正常與崩潰之間那不可視蛛絲般細線的隱隱不安，恐懼自己已瀕臨危崖卻無知無覺，下一步就墜落深淵。

深淵即生活，即黑暗，即宿命，即是已知和未知。無聲而卑微的失眠時分，稜稜肉身環抱時你感受他人的疼痛和柔軟，傷口潰爛的血根已鑽透表皮、深深扎進那內容的深處，每一句早該說出口的話語，每一次無視無見的片刻，每一回微弱的背叛、細小的惡意緊緊挾持兩脅，教人雙腋津濕，夜半起夢魘。

網路電臺裡，陳昇和左小祖咒破而低沉地唱道：「跟我去北方吧，那裡正下著雪。就讓我滾熱的靈魂，在冰霜上撒個野。」沒有一雙禁得起霜刮石磨的鞋，怎麼能夠前往飛雪杳杳的遠方？

一雙好鞋，應該與肌膚親密貼合，又不會太黏膩；材質柔軟而堅韌，耐得起反覆的脫摔踐踏；鞋跟應當平整穩重、厚度恰好，走起路不損傷纖細的肌肉和足踝。至於鞋的樣子，因人喜好而異，最重要是乾淨，順眼，不要細細碎碎的累贅裝飾，即使蒙塵沾汙，失卻新品的光澤，也不減它本質上的俐落美好。

如此一雙鞋，才能承擔住無數次的迷途、背負起有心無心的罪過，反覆實踐日常中運行與送行的輪迴，且不顯疲厭。一切恍若生產線上，在時間的工廠裡源源不絕地製造輸送，工人們似初生嬰兒裸著赤腳，為下一雙將送你啟程的嶄新鞋面上油鞣光。命運的繩圈已備妥，等候你踏上該或不該選擇的那條路。

抽菸的人

菸越來越貴了。

春天將過，消息傳來：菸稅將再漲。賴菸維生的一群人便陷入了嚴重的恐慌。這股恐慌越來越大，終於擴布全城。城市裡的每個人，無論吸菸不吸菸，都難免被感染某種或重或輕的焦慮症。新稅實施是六月，溽暑還沒來臨，這座島嶼的排毒工程已啟動，預備將我們這批身負病癮者，從它健康的臟器間批次排除。

頂著琳瑯大雨，閃身竄進離家最近的便利商店，彷彿攀抓救命繩索般追著店員問：「還有沒有舊菸？我要紅駱駝（或萬寶路，七星，寶馬……總總如異國花卉般盛開喉間的名彙）。」

店員體諒地說，小姐（先生）要不要先訂？我們還有一些貨要進，可以幫忙預留。我斬釘截鐵撕下筆記本一角，趴在收銀檯上就著紙條寫下：「駱駝*條／萬寶路*條／手機09*******」。

紙條如小鴿，握在手心白白小小暖暖，羽根輕輕搔著掌肉。我將它交付給熟識的店員，使出我能力所及最絕望最無辜的眼神、深深凝視著對方——一切就拜託你了——此齣戲碼，猶似古典小說中的落魄王孫，在潦倒窮途上，對一名善良農民交託人生最後心願，或許是孤女一名，或許是哀歌一闋。事實上，我覺得自己這輩子所餘心願亦無多，只要能有一支菸挾在手指間，一張床和一臺電腦，供打字上網、夜夜棲眠，就是最微小最安寧的太平盛世。

寫字時敲打鍵盤，間或吞吐一縷煙霧，就是日常裡一段美妙可愛的小步舞曲。指間一小團溫軟煙霧，幾滴焦油混融尼古丁的黃金汁液。吸菸時，我總將尼古丁的煙霧粒子，想像成融入血液中的金色基因，在體內的錯綜網絡裡靜靜發光，如無聲星辰散融天際。

吞入沉默，吐出語言。吞吐之間，短暫地體悟了離苦得樂，便覺得無量平靜，宛如一切法。

接過店員手上嶄新的數條香菸，附贈一臉溫煦體諒的笑，安然滿足地搬回家去。這心態，還真像儲糧過冬的松鼠，不自量力。自以為裝滿了兩手的小果小瓜，窩在自己的樹洞中，便能夠共體時艱地在嚴冬裡度過很久很久。

有菸有米的和平日子維持了一段時間，但來日方長，必有大難。一日之內，踏進任何一家便利商店，面對菸盒上嶄新的標籤，發覺：所有的菸牌，真一口氣全漲了三十元！

菸還是很快地抽完了，憋著心頭一股慌亂和忿氣，我點算尚未被新稅染指的菸名——「峰」還有許多舊菸庫存，Lucky Strike大多還沒漲——沿著便利商店的分布落點，從一個據點到下一個據點，搜尋還未被新菸捐吞噬的菸牌，重畫住家周邊的逃逸路線。機車在城市裡穿街遶巷，很快地也就不挑菸抽了，有就好，先存起來的好。探門問路之下，發覺雜貨店有著更多可供翻掘的收藏；便利商店也分階級的，僻巷裡的萊爾富比大路口的7-11更可能儲著我慣用的一雙座騎：「寶馬」和「駱駝」。至於紅色萬寶路軟包，則已全數投敵。

人們陷入一種張愛玲式的漫漫愁緒中，像《傾城之戀》裡的紅男綠女，戰爭彷彿一下子站到了鼻尖前，不容許你拒絕。廁身其間，再怎麼試圖縮小身體，也只能扮作殘垣斷壘旁的一片流彈。破碎的流彈根本上還是武器，若非傷人，就該傷己。

私心裡，我其實是偏愛白流蘇的，女人纖弱指掌間的精撥細算，蜘蛛抽絲般的細膩心眼活兒，實在是性感到了極點。至於范柳原，也能體諒他只是個平庸男流之輩。有錢又如何呢，當硝煙四起，警報貫耳，炸彈落在了頭頂上，一條金子比一口飯還無能，柔弱美麗的本質是拖沓累贅，青春代表不識時務，愛情往往不合時宜。

看《花樣年華》時，於焉陷入一種無害的集體哀傷，近似一份鄉愁，對於那個我輩無能穿越時空去參與的、梳著油頭身披漿挺襯衫、在電影院和寫字樓裡舒坦地斜倚椅背吞吐霧氣的時代。這輩子，因為不可能實行在任何一間餐廳裡手執細菸的心願，染了黑髮卻無望當成*Pulp Fiction*裡煙視媚行的鄔瑪・舒曼。《牯嶺街少年殺人事件》裡，從少年到中年所有人都菸不離手，每一口溫熱煙霧，都是無能成形便散佚的一點情緒。我們邊看電影邊頻頻嘆氣，扼腕於生不逢時。

有時候，抱著賭氣的心情，也想著乾脆戒菸算了——但戒了就是輸了，我們心知肚明。戒菸，就等於承認自己是犯錯的人，是活該被主流群眾驅逐的有害分子，是僅僅呼吸即危及善良孕婦和藹長者無辜孩童的尼古丁的俘虜，藏身霧中的罪犯。

對於舊時代的美好，眷戀多少都不堪換取，熱愛多深便有多狼狽。於是，我們真的成了被國家巨輪追蹤獵捕、即將滅子絕裔的一群。為了成全他人和平清新的未來圖景，懷著滅族的傷感，孜孜搜尋不久後將成為遺跡的自己。

而菸，真的是越來越貴了。比我們的薪水還貴，比我們的自尊還貴，也比我們的慾望更貴。房租，水電，手機費……磕磕扣扣下來，花在買菸上的錢，相較之下確實占據了開銷的大宗，但做不到刪減預算，只能從自身的喫食費裡刪減。刪來刪去，也喫得越來越少，越來越簡潔，最後，竟變成一種僅吸食咖啡、水果和尼古丁的偏執動物。這類的退化情況，完全屬於配合時勢所趨而演進的款式。朋友間說起來，卻也有幾分時髦的意味。像布爾喬亞的素食主義者，不食肉糜，乃是不樂意，而非不能夠。

看開了，反正許多時候，人生並不如一根平均算來六元的黑色「峰」長菸。你曾被親族驅離，也背棄了家人；曾被情人背叛，更頻繁地背叛自己。生活裡，飢寒來襲的時候；明明該擁抱的夜晚卻相對而無話可說的時候；長年失業後發現爐中已水米告罄的時候；欲求一個近在身邊的親吻卻遙遠不可得的時候……這些時候，人生怎能比得過一根確確實實、躺在指間的紙捲菸草？飽吸焦油，不過犧牲兩片肺葉、一副心肝罷！黑斑侵蝕粉紅，病痰攀爬喉管，態勢如一撮星火，自胸口緩慢地燎原，且終成大難。

我們都將體驗災禍，每一個人皆將因為承擔災禍，而成為他人的災禍。不如承認吧——許多時候，人生並不如一包Lucky Strike。

做夢的人

一種民間的習俗告誡說，早晨不要空著肚子說夢。在這種狀態下，醒來的人實際上仍然處於夢的魔力之中。——班雅明《單向街》

我在夢裡睜開眼睛。

房內是黴苔般的暗青色，窗面已失去了入睡前還見到的明亮的白晝光度；窗簾上明豔的格紋色塊已通體浸泡於夜影裡，僅看得見一片混濁的鼠灰；我伸開手指，探索被身體捲起的床單的皺褶，越過幾座起伏的布料小丘，碰到一小塊溫溫的手臂肌膚。我想搖醒身旁熟睡的V，說：「我剛剛做了一個夢。」

他或許會因為好奇我將說出的內容而努力撐起眼皮：「是甚麼樣的夢？」或許，他會迫不及待地接著說：「我剛剛也做了個怪夢，我夢到──」

通常的情況是：在夢裡，我因情緒的漫溢與變形，而哭泣或吼叫起來，那情緒的暴洪一直滲透到睡眠之外的現實裡，從箍緊的牙縫間擠出哀聲，難免造成微小的驚擾：「妳做噩夢了？」

我總是不停地做夢，即便酩酊爛醉、整副胃痙攣翻攪著緊抱馬桶嘔吐，直到力氣耗盡像落體高速墜入黑眠斷谷的那些凌晨，閉眼卻依舊發夢。

很多很多年前，我習慣一醒來立刻打開電腦螢幕，把餘溫仍熱的夢境情節記錄存檔，那些夢通常上演著與死亡有關的戲碼：陌生人的死亡、親人的死亡、朋友的死亡、動物的死亡、愛人的死亡，以及我自己的死亡，為徹底掐滅生命而加演的戲碼不斷換弄、組合成使人心智狂暴的傳染病、過境成焦炭的巨型火災、無臉的戰機投下無數顆裹著火焰的炸彈、肢體追逐間閃現的刀刃尖光、浸滿汗水的槍柄……認得或不認得的上千張臉，在每一場短兵相接的意識荒墟中扭曲、尖叫、五官失散，分裂為破碎的屍塊、僵硬的斷肢、覆蓋硬霜的死者雙眼……

夢中，每當感到危險逼近，必定將發生違反物理律則的異常現象，如果我在夢裡手持武器，恐懼地緊盯四周、準備殲除隨時湧現的威脅（瘋狂殺手或怪物異種），正當我欲狠狠扣下機、像狂人般掃射全場，或緊緊握住刀柄欲刺向那獰笑變態敵人心臟之際，發現手裡緊抓的卻是一塊垂軟無力的泡水餅乾，金屬槍身原來是塑膠製，致命子彈化作可笑的塑料ＢＢ彈，像達利那幅知名的〈記憶的永恆〉（*The Persistence of Memory*），鐘面如麵團般柔軟，敘事無限延擱，時間原本荒誕。

醒來，開機，記錄。這樣的行為一直到三十歲前仍維持著：醒來後打開電腦，試圖還原夢中驚破天人的魔幻場景，記憶卻像一層柔軟透明的膜體，將原本屬於我的內容物包裹起來，重要的片段從字句間滑溜溜地漏光，撈取的殘部也失去原來生猛的體感，像上陸的魚一樣眼睛黯淡無光澤。

又一次，從一個緊張沉重得教人心臟麻痺的夢中醒來，內容大約是我回到久違的親人家，卻被強行拘禁在一間牢房裡，牢房的擺設和空間形狀竟與小時候曾住過的某名親戚家一模一樣，一個念頭閃過腦海：「我以前曾經住過這裡啊！」這時我發現，自己原來是一個還沒發育的少女，穿著一件小學時班上同學間常穿的粉色系卡通T恤。正當懊恨交錯之際，門外傳來打鐵般沉重的腳步聲，我開始恐慌起來——要趁對方開門時一頭撞出去逃跑嗎？萬一被抓回來給毒打一頓呢？還是先乖乖待著？這裡看起來也不錯啊，有冰箱，也有電視——

我踏著那種剛剛從噩夢中脫身之人的步伐走向浴室，摸到菸，點燃，突然發現自己竟已完全沒有一滴想把方才的夢錄寫下來的興致。

就像我們在生活中無數次經歷過的：不知不覺中，原來的意圖已被某種變化給無聲挪移、取代，甚至全盤消滅，一條法則驅逐另一條法則，新規畫的路線取代過時的習慣，化整為零；當我們尚未敏銳到足以察覺，新的律規已悄然成立，像素常經過卻從未留意過的一塊空地，不知何時架起了一張割地立界的鋼絲網，而某處有人決定你應該被分配到界外（或界內）的一小寸位置，但除此之外一切如常，引擎隆隆運轉，早晨如期到來，問題始終存在。

班雅明的《單向街》中，有一篇關於夢與早餐的短則：「一種民間的習俗告誡說，早晨不要空著肚子說夢。在這種狀態下，醒來的人實際上仍然處於夢的魔力之中。也就是說，洗身只能喚醒身體的表面及其可見的運動功能，而灰色的夢境即使在早晨盥洗的時候，仍然頑固地留在更深層，甚至牢牢地黏附在醒來後第一個小時的寂寞中。……因為只有從另一個岸邊，即從明亮的白晝出發，夢境才可以從占優勢的回憶中被說出來。夢的這個彼岸只有在另一種洗滌中才可以達到，這種洗滌類似洗身，但卻又完全不同。它是通過胃來進行的。空腹的人說夢就像說夢話似的。」（〈早點鋪〉）

這段話讓我聯想起一幅畫面：清晨時，一名體格矮壯的婦人從纏鬧了整晚的怪夢中驚醒，隨即服膺她維持了數十年的好習慣，披件外套便直奔最近的一家早點店（美而美、麥味登或永和豆漿），先點了一份三明治直接站著喫，接著，再點了四人份的蛋餅或豆漿，預備帶回家去餵哺仍身在睡夢牢籠中的先生和孩子們……

於是，那些我們一手揑塑、複寫、摺疊、搬弄的夢境像廢紙般被任意丟棄。然而，流失的夢並未消失，像雨後的殘泥淤在心底，層層疊疊，濕濘破碎不見天日；有時，在一個新的夢中，舊夢的殘片像突兀的小丑蹦地跳進場，新造的情節和舊註的劇情混雜成一團虛實顛倒的重影，我們被吸入模糊的影之漩渦，夢中的日常曲改（或逆轉）現實的記憶，自塑的虛幻比過往的真實更能說服人心，像演員還未卸掉上齣戲的妝髮戲服而連忙奔赴下一場戲臺，故事設定、人物性格、腳本走向完全不同的戲在潛意識裡同臺登演，哈姆雷特去復李爾王的仇，浮士德遊走愛麗絲魔境。

彷彿是該向那些我曾以夢譜寫而被據取、交換的生活片段贖償，不再記夢之後，我從傾訴者變成聆聽者，時不時接收他人的夢境；我置身於異境的意識雪花球，占有一小處地方、演出他人替我安排的角色、口吐他人擬寫的對白，抓著虛構的砝碼去平衡、擺布某個人的疑懼和悲傷。

我最常共享夢境的對象是V。在範圍有限的兩人生活裡，我們經常夢見對方，有時延續現實裡的爭吵和埋怨，入夢後仍爭執不休；有時則像齣影子戲，將壓抑心底的不安情緒於夢的幕布播映、並邀請對方站在幕前參與演出；我們像孤獨的演員，白天夜晚，棲身於彼此虛構的夢巢，虛枝幻線萬縷，夢成為白晝生活的延續，像是深夜方現身活動的祕密結社、互依取暖的倖存者餘生。

相反於生活，我在V的夢中頻繁地死去：有時是病死，更多時候是意外橫死，也發生過被猛獸襲擊咬死的情狀。冬天時，我們到H城旅行，早晨在酒店的床上，V說：「我夢見妳死了。」我們並排躺在寬闊清潔如雪地的雙人床上，他雙眼仍微閉地開始敘述夢境內容；夢裡的死者不只我一人，他去世多年的外婆也現身夢中，在他夢中某個節點上再度死去；但事實上，我和他的外婆，由於年齡和時間差的估計，在這個我們身處的時空邏輯裡，無論如何不可能並存一室。他深愛的外婆在我們共有的記憶裡將永恆地隸屬於死者之國。

但夢裡的時空結構是洋蔥狀的，這一層剝開，立即垂直抵達下一層異墟幻境；眼前還待在兒時熟悉的外婆家客廳，而下一秒即墜入茫茫太空，頭上腳下地從宇宙極高處俯瞰地面，竟（不需任何望遠鏡輔助即）一眼望見：死神正逼近自己的情人或家人，任憑如何喊叫，對方仍渾然不覺……

我大概重看了六次左右的《王牌冤家》（*Eternal Sunshine of the Spotless Mind*），金凱瑞難得飾演一名毫不搞笑的純情男子，與輪廓明豔但歇斯底里（像許多漂亮瘋女人那樣）的凱特・溫絲蕾一見鍾情，如同世上無數戀情的演變，兩人大吵一架後，女孩率先去做了遺忘手術，出於一口報復的恨氣，金凱瑞闖入替前女友施行手術的診所，要求也給自己來同樣一套：吞下安眠藥、戴上電子頭盔，那些甜美刻骨的邂逅、心碎欲死的分手、膠黏漆合的同居回憶，不過是幾場夢、一個夜晚，就像洗盤子般抹得乾乾淨淨。

而夢裡發生的一切——女孩的豔橘秀髮，海邊被落雪覆蓋的無人小屋、早晨在同一張床醒來後雙唇親吻的觸感——這一切，才是能夠被我們（他們）緊緊擁抱住的真實，能夠確實地從身體深處感受那些曾經存在之物，像早晨的冷空氣、咖啡和被褥的皺褶一樣真切不妄。

此後，每個夜晚，我們依然將不停地做夢，夜夜夢死，死而復生。每一個夢皆自成一場輪迴，替我們搬演或曾發生、或從未實現的貪瞋癡滅，像一張巨大蛛網上棲息著無數露珠，一滴雨碎，一根髮落，一念逝閃，瞬間牽動千萬顆珠身顫滾應鳴。此刻輪迴未盡，下回入夢時擬將重啟，且細節更繁縟、場面更壯麗、陣容更浩盛——高樓轉眼碎散，天火行過荒土，王國傾為廢墟，末路盡聞哀犬。

但再一眨眼，僅一眨眼，朽木便開出繁花。

喫飯的人

從很久以前開始，我就喜歡看人喫飯。一個人喫甚麼，怎麼喫，喫得多或少，快或慢，都像一種把最隱晦的祕密公諸於世的意志的實踐。觀察一個人喫飯，也就像窺見對方一層一層褪下韌質的、皮製或棉質的外表（脫下外套掛在椅背上，解開領帶、手錶和衣領下的第一顆鈕扣），露出濕潤而不堪傷害的內裡（口腔，牙齒和柔軟鮮紅的顆粒味蕾）的窺奇。

喜歡窺察他人的喫相，算是自己一項長年來的奇怪癖好——從挾菜開頭，送進盤子裡，再扒到嘴裡——這套簡單重複的動作，裡面卻蘊藏著巧妙玄機。看一個人，最好是看他怎麼喫東西：或者貪快地將一筷筷菜餚接連送進口腔、迅速展開上下活動、擠壓咬磨，也不遮掩其性急，但就是多了點貪小便宜；或是刻意顯露出對食物興趣缺缺、厭世無爭，偶爾揀一點盤邊殘肉吮著，總有股惺惺作態氣味，實際上自戀得很，口腔與口腔的孤芳自賞；或者喫一口菜便扒好幾口白飯，連盤底湯汁也用來澆飯者，這類人性情梗直，嚼食相貌之豪爽教人看了卻有幾分舒暢。

和人一起喫飯，尤其成為一項懸念——到底要幾分深淺的交情，才配得上一頓共餐的分量？

我以為，一起喫飯的伴最好是家人，其次是愛人與朋友，排序最末者則是工作對象。

家人的好處在於，餐桌上沒有配給多寡的問題，一盤菜喫完了，翻翻冰箱再炒一盤，一鍋飯見底了，拆兩包泡麵再煮一鍋，順便敲兩顆蛋。愛人們一起喫飯也有相似的部分，但因為太愛，總是把雞腿或滷蛋往彼此碗裡挾過來騰過去，再從那人盤中偷喫兩口自己偏愛的滷豆干或清炒小白菜；若其中一方聲稱自己正減肥，另一方必然鼓吹今晚喫起司披薩或宵夜來份鹽酥雞，兩人共食如此，營養裡有負荷，甜蜜中藏心機。

和熟悉的朋友聚餐不需憐香惜玉，卻必得額外分出一份體察他人之心來考量各人需求：不喫魚蝦的，不喫牛肉的，不喫茄子香菇韭菜大蔥的，還有像我一樣忌口澱粉肥肉、不喫大米白麵豬蹄膀者，面面兼顧之下只能求最大共同值，畢竟重點在於友人間談話八卦葷腥全開，不在食物本身是否多樣。

與同事或客戶共餐則最為艱險，不在於點菜或價錢，而是基本上就食不下嚥，腦子裡打轉著案子，胃囊全無半點感覺，喫牛排也如嚼橡皮，席間偶然失言，不僅白擲了一頓飯錢，還得消受一晚上的消化不良。

在甚麼時機喫飯，也是一件值得商榷的事。我向來白天幾乎不喫。早上醒來後，第一波入口的是咖啡，再來則是香菸。咖啡配菸，有幾分刻意自居清貧的率意，間或喫兩瓶優格，整個白天的進食程序就這樣過去。到了晚上，飢餓感開始在腹內絞滾，意志力堅定時，就喫水果，喫橘子和葡萄果腹，輕身又節省。但意志不堅的時候（這種情況占了大多數），撐著（因為白日喫得太少而輕微貧血）搖搖盪盪的身體，任憑虛弱的感官牽著一縷餓魂，街上哪處香氣噴鼻便往那處去，站在店家前喊老闆，指著鄰桌正大快朵頤的飯客，幾乎脫口而出：不管他點了甚麼，也給我來一碗。

白天喫得少，晚上喫得晚。除非被旁人決意拉出去喫飯，不然對於喫飯這件事，我的態度一向流於輕慢。但兩個人在一起，你為了我好，我為了你好，都希望對方喫得固定，喫得營養，喫得好一些。偏偏兩個人胃口都不算很好，便經常陷入某種「我不餓，你先喫」、「我等你喫了，我再喫」的拉鋸局面。

說不餓的那人是真心不餓，要等到共餐狀態才要喫的另一個人，也是真心提供他的陪伴，卻給不餓的那方造成壓力：讓你捱餓等我有胃口才喫，不如現在我逼自己喫。於是，一頓原本甜甜溫溫的飯，喫得既逼促又緊張，兩個人都怕壞了對方的心意，更怕自己搞砸了要吵架。

有時候，一個人喫飯是最輕盈的。所謂的「獨食」也像某種「獨身」狀態，自顧自地便好，不用顧慮閒雜人等的喜惡評判，想喫甚麼便揀甚麼。喫飯，是民主生活裡很大的一部分，若是連自由選食的餘裕都剝奪，人是會鬧革命的。

小時候，沒辦法選擇每一餐想喫的東西和分量。口袋裡沒有零花錢，家裡頭不許鎖門鎖抽屜，於是連藏匿的地方都沒有了，家中的日子，是誰都整個地攤在別人眼前任憑處置。所以後來，可能因此而啟動了某種補償機制，自己賺錢、自己花錢，甚麼料理都想嘗個新鮮。某幾種童年時被禁止喫的零嘴，例如布丁、餅乾、巧克力，少見的印尼商店和日本進口的零食軟糖，常常抱了一袋，回家囤在冰箱隔層，僅僅是放置著，每次打開冰箱，看見五顏六色的零食包裝，靜好安閒、胖嘟嘟地彼此依偎，便油然有了一股富人般的滿足。

但零食填不實胃，喫再多嘴裡腹內總是那空空的，曖昧的假性飽脹感。

所謂人與人之間的和解，有時也建立在喫飯上。

因為某件緣故，我和母親嘔了整整五年的氣，這四年間，每次面對她擲來的問題或表面的關心，我總是荊棘怒張地諷刺回去，不免吵過無數次架。我將她理解為一名乏愛的母親、一個失策的戰士，更不願意放低身段先說話。

後來，我媽燉了一鍋魚湯，一盒從小她就擅長的八角香滷花生，送來車站給我。我在約定時間前五分鐘過去車站找她，遠遠地看到她坐在車站旁，還是小時候我熟悉的、圓潤的、一頭不梳理的短髮的母親身影，我突然就原諒了我的母親，關於這三十二年來，她未曾做到的，未曾做好的一切，她愛得不夠的，或太多的那些。

回去熱了魚湯喝，食物召喚記憶的速度太驚人，恍惚間彷彿被那熟悉的調味帶回家中飯廳光景：餐桌上，低著一張臉不說話的父親，和一旁凝眉垂目、沉默菩薩般的母親。

魚肉腴軟，魚皮鮮彈，魚湯濃郁。擱了碗，還是傳了LINE給她：魚湯很美味，謝謝。

我想，真是一家人，才能一起喫一桌飯而無絲毫彆扭。你揀你愛喫的菜，我挑我嗜好的蝦，一碗飯扒完，再無畏懼地添進一碗。餐桌上無紛爭，喫飯時無扞格。我或你心意所求者，也不過如此光景。

懼時間的人

我怖懼黃昏。

黃昏是獵取之手，一張無色無縫的巨掌，從高空以捕食的姿勢往下握取整座城市——車燈，路標，下工的男人，燈飾店的易碎物。手包裹它們，緊緊掐住事物的喉嚨，玩弄於股掌，像頑劣的巨童拎起小狗的脖子，再惡意地將其重重摔落地面。

每到黃昏，我戰慄莫名，呼吸困難。陌生的屋子一間間燈火轉明，鍋鑊沸騰，婦人轉動肥胖的腰軀，丟下一把青江或白菜蝦皮，衝起油氣，生命被庸俗玷汙，父與子挾食宿命，排油煙管低吟，如同罹肺病的詩人，一日重複一日之死。

我們都是玩物，人們都是俘虜，而所有人對此毫不知情，方最迫我感覺怖慄。

曾經，很長一段日子裡，我穿越車陣和巷弄，沿路交易香菸與必需品。那時還住在M路某號，從學校大門直行過馬路，左轉經過藥局、飲料店、麵店和檳榔攤，抵達一個小型十字路口，左行是正值鼎沸的土地公廟，香爐與人顱齊列，沸鼎與碗筷並陣。校園後的河堤，沿道生長無人盯守的藤蔓，散步的老人紛陳其中，盯著蒼蠅吸吮枯癟的小腿肚，彷彿再無其他生趣。

察看時針，約莫晚上七點，彼時我將屆二十五，隻身租借學校旁的便宜房間，寫論文，打工。剛好落在青澀與淡熟間的半截，不前不後，做甚麼都嫌早，不做甚麼卻也都太晚。日光下躁動的飛蟲，沿道千篇一律的矮胖植株，公寓幽暗的樓梯間，水泥無光，鑰匙撞擊金屬聲絲絲迴響。轉動鎖孔，陽臺若無燈，便是鄰室房客未歸。浴室角落菸灰糾纏落髮，看著就渾身不乾淨，陽臺日益萎去的盆栽，每天澆水、撒咖啡渣仍救不活的。盲目闖入的飛蛾。蒼蠅重複撞擊紗窗。鄰舍炊食的氤氳。又一個肥胖無趣的婦人。又一對食不知味的父與子。

那時候失眠病症初始發作，夜夜睜眼到天光，卻身無寸鐵以對應。無家無室無親無友無財無色，此可稱為身家，一臺巍巍可慮喫滿灰塵的舊電腦，沒有甚麼稱得上私有財產的物什。關掉手機，拔掉電源，我與世界失去關聯。若某日因某故橫死室內，粗略心算，約莫要整整十餘晝日，才有可能因曠課或欠稿而被疑為失蹤。而尋我尋得最勤者則可能只是房東，畢竟租金按月繳不長眼睛，不與誰較算際遇人情。

那之後，些許年過去。換我在房門外，聽困踞密室的年少友人說起誰誰誰念書挫敗，幾欲在休學與續讀間徘徊舉棋。畢竟舉目四壁，文字僅能衍生貧窮，青春如蛾撲火，殘肢白床，質詰不休。

生存本就難為，既已懊悔半生，餘生又能奈何。大概各人赴各人的地獄罷。

我想起彼時的H住進病院，她說那裡處處被束縛帶綑縛，白色床單白色天花板，綠漆牆。她哭泣，或茫然，呆滯凝視密室四牆。人真的很脆弱，她說（或者，我想像她曾經說？）。沒有窗戶，看不到天光，人便失去了時間。未知的恐怖如極薄的麵團延展，從點延伸為面，直至覆蓋意識的陸表。

無知者非無感，而是痛感的戀人，時間的罪人，自判流放入修羅煉獄最底層，秒失去形體，分失去重心。噩夢有時，而黑夜無盡。

我因失眠和憂鬱而日益瘦削，我的朋友則因焦慮而擴增肉身，似要用自己身體壓制這城市太多寂寞，幾近某種佛的犧牲。H說，我們是一樣的。渴望被不帶感情地看護，讓我的血度過文明之眼的檢視。誰將為陌生人包紮石膏？每晚，有身著制服者餵養她Stilnox、Venlafaxine與Moclobemide的盛宴。我在黃昏不祥的微光下，指著「請遵守探病時間」，試圖與矮壯的護士辯論身體與節律與規馴在當代的荒謬，對方睜著無智的雙眼瞪視我，我漸漸因口乾舌燥感到難以抵禦，最後放棄地從緊閉門縫間塞進一小紙條，把這些異國語的藥丸攢在手心，像它們是珍珠是舍利子。

那次，返程途上獨自續行於風雨狠疾的街道，肩頸抵著傘柄，被風吹得一駛一駛。手心滿握湯食和飲水，塑膠袋的提把勒得小臂一條條紅痕，狗牙一咬，擦破一小塊皮膚，一搔遍地紅莓。

那張紙條在當時終於抵達H沉睡的島上了嗎？我已經不記得了。相隔好幾年，好不容易，我們身處同一座城市了，時間卻不容許我們如年輕無識時那樣奢侈地聚首，在尚未壞毀的黎明末日前，走到街口的7-11共抽一根菸。

如今連語言也貧瘠了，反覆思慮得太遠，說出口的卻日漸稀薄。忘記的太多，記得的那些事情，仍然不允許我們擇一個安靜的深夜，面對面地，誠實討論。

而朋友，我僅期盼早晨到臨。

搬街的人

這會又要搬家了。

我對他說，這次不知道得打包多少箱書啊。他說，想這個也沒用啊，就收吧。

脫離一個人的生活，孳生最快的不是戀愛熱度，不是家具床單，而是書。這些書彷彿會自行繁衍後代般，一本分娩出兩本，兩本妊娠為四本。我們追趕著書本衍生的速度，一本又一本地拆盔卸甲，一本又一本地囫圇吞讀，書架上卻總是這邊那邊地又發現一本未拆封的新書。凡書皆該讀，小刀輕輕一削，像女巫的蘋果，一只寶貴遺物又亮麗出土。

書本尤其沉重，紙張又嬌弱怕濕氣，是故格外難辦。每回搬家，都感覺自己像一頭笨重的蝸牛，背著幾十箱字紙布什沿街踽踽，每走一段，背上的負擔也就越多幾分，像古老故事裡的神奇聚寶盆，隨一步步前行，腔內物件源源增生不絕，整復工程之浩大繁瑣，最後竟像要把住過的一整條街都搬走似的。

搬過好幾次家，早就熟諳搬家難處：細軟要分類防塵，雜物得塞進衣物書本間各種畸零縫隙，務求紙箱的空間利用最大值。兩個人，於是多了一盞燈，三張椅子，一件書桌，十幾箱冬夏衣物、被褥枕套，以及橫跨整面牆壁、整晚親手鑽釘原木板柱架搭起的大書架，能容納一座小型圖書館，和我們無法遏止的對文字的貪婪。馬奎斯，費茲傑羅，安．達菲，海明威與唐．德里羅同住一層；東野圭吾，村上春樹，大江健三郎，石黑一雄與夏目漱石各據一方；班雅明和波特萊爾總是並肩為鄰。小說，散文，詩集，隨筆，華文作者與各國文學不分時空國籍，和平棲身一牆之間，彷若一幅文學理想國風景。

事實上，大書架是文字的難民營，看似有序的表面下，其實亂七八糟，不知所云。一批批傑出作家、思想家、文化學者穿越了世紀與地域，知足地棲身於架上，但兩個人各有各的書本歸類學，照作者歸檔太零散龐雜，照出版單位放置，某幾家出版社的書收藏冊數不多，悄悄塞在成疊成垛的文學出版品旁邊，弱藤附強枝，彷彿真實書市業況再現，透露幾分荒蕪的詼諧。

其實，像我們這樣的戀物者，該向那些不藏書、不戀物的一類人虛心學習：身無多餘長物，衣服被單摺進一卡皮箱，一臺筆電塞入背包即可隨意移動。對這類人等而言，搬家像一趟短程旅行，一輛車從頭到尾包辦，若無家私甚至裝不到半滿，多麼輕盈寫意，十足是波派作風。而我們僅在外表衣著上假扮波西米亞，骨子裡其實豔羨透了布爾喬亞。生來體質便多欲，逛街時看到漂亮衣服，披在身上又輕又香，送人自穿皆相宜；去菜市場，攤販吆喝聲誘惑耳殼，忍不住蹴步逛過去：產地直送鮮嫩菜果，龍鬚和山貓猶自晶瑩帶露；百元大拍賣衣物花車中，一件復古老洋裝現身驚豔眼珠，僅僅八十大洋；花露水便宜實用，老桌燈古舊靜好，發條錶韻味撩人，帶瑕疵的緬甸玉鐲，色透澄澈若翠綠新葉，去市場一趟，帶回的往往是非菜非肉的雜貨物什，彷彿餐餐喫這些便心足腹飽。

另外，也都喜愛亂看路邊小攤，手作純銀琉璃耳環一對僅要百元，雪紡棉襯衫線條俐落颯爽，也是百元出頭；車站、捷運站、地鐵站周邊攤販擺出琳瑯百物，手工肥皂與蜂蜜爭相放送香氣，悉心修插的乾燥花束靜置一季玲瓏種籽、優雅木脈；時下流行的微刺青貼紙和針織髮帶柔媚可愛，各色韓風黑衣黑戒性格鮮明……

一條街，再下一條街，轉過巷角又是一塊待探勘的新領土。本來只是喜歡漂亮東西，看看，碰碰，忍不住想帶在身邊、捧在手上細細把玩，不需多少勸說，我們對自己品味更有定見，看對眼者就爽快獻出鈔票銅板，換一天的快樂新鮮。

想透了這些，首先原諒自己的貪心和愛玩，再決定搬或不搬。要搬，就得先徹底頓悟：一旦封箱便由不得人，全屬天意。途中碰了角、損了邊，誰都無權怨誰。體型最大件是獨立筒雙人床，最寶貝之物是幾顆外接硬碟和電腦主機，最鈍重難移者是百餘冊書籍，而最輕巧細碎、無可收拾者卻是記憶。

住在某處，等於就是住著屋子座落的那條街。無蛋無米時，如廁完發現衛生紙恰恰用完時，垃圾滿溢時，肚子餓了又懶得起身做飯時，甫從一場噩夢醒來、血壓正低亟需一杯咖啡解厄時——種種時候都得要出門，去街上，去尋一碗熱湯，一包大米，一盒鮮蛋，一杯冰涼的美式咖啡，一包雪白嶄新的潔淨面紙，去街角巷口丟包一星期甚至一個月份的，自身生產積累的鬱悶酸腐。

街接收了我們的飢餓、疲憊、壞脾氣和腐靡日常的衍生品。搬一次家，便猶如搬一條街，我們沿街走過光線昏黃的陽春麵攤，下班後投映進眼角的關東煮旗幟，鑊氣與湯氣一齊飄送的熱炒店；我曾在轉角的藥局買過感冒藥，在紅綠燈下的便利商店前等對方晚餐。街邊的市場還殘留著兩、三攤果販，遲遲逗留不肯離去。買兩把燙青菜，兩碗滷肉飯和一份滷白菜，通常這就是一個普通的安實的夜晚；等會兒，可能還得去街後頭那家賣蜜餞果乾的批發商店補些存貨，儲幾把預備半夜嘴饞的糖果餅乾。

街的對面，便是猶如眾生普渡之彼岸的捷運站，上下班時段豪氣干雲，一口口吞吐萬千人潮，人頭如黑浪般起伏，來勢洶湧。無數次，我隨著人群挪移前進，脫離了最吵鬧的十字街口，沿街買著手搖飲料、外帶便當，在街的中途轉彎，街道左旁是一座狹長的綠地，種著一整排的槭樹，樹在秋天時會飄落許多小小的金色手掌，落在我始終叫不出名字的灌木叢上。無數次早晨出門，走過有樹和花朵的街道，攢著一杯冰咖啡隨身，心裡突然一陣柔軟。我覺得能夠住在這裡真好，能夠住在這條街上，真好。

然而，租屋契約一年一簽，任憑我再怎麼眷戀那小公園，那下水湯攤子，那有著年輕親切藥師、大小病症一應俱解的藥店，那清晨六點即端出濃郁鮮厚蛤蠣熱湯的早餐店，該走的時日近了，收拾了約一個星期，捨不得，該走時還是得遷離。我們把街的林林總總、片片段段，連同心愛的書和CD、捨不得穿的昂貴洋裝與床被細軟，連同冬與夏、晴與雨之間，許多完整或不完整的日子，一一摺疊封箱。

回顧的人

我一向不覺得回顧有其必要。

這一世代鍾愛的社群網站，近年開發出一項駭人的功能：當你心不在焉地拍照打卡之際，毫無防備地眼前跳出一張兩、三年前的相片，大手大臉地提點彼時你幹過甚麼好事，咀嚼過誰的靈肉，同誰要好、與人歡聚。但它卻忘記（絕對是故意的）交代彼此人生劇場的後續——曾經親愛過的朋友、戀人、家人，此時此刻對方身在何處？過著哪一種生活？他還記得你嗎？你們為何離開？誰握有（你開放給點頭之交或摯友）解釋事實的權限？

但現在的我們，真已成為多麼不同的人嗎？年過三十，跨過這條一去不復返的黑水溝，人變得非常怯懦，撞見自己二十七八九歲時的影像，會本能地別過頭去、不敢卒睹。我想，這種逃避心態大抵反映了自己性格裡無可轉圜的懦弱和心虛。滑鼠點開一張三年前相片，驚覺曾經有過雙頰水嫩吹彈可破，如今神色黯淡肌膚塌癟，顴骨上浮萍般漂起一群初老細斑；而你也曾一握青絲披肩，飾染以柔光茶色，後來為圖方便兩刀剪短，毛線帽套下掩去一切嫵媚線索，顧不上脫帽時一頭一臉的狼狽光景。

這項動態回顧功能（嗨！看看兩年前的今天，你在做些甚麼好事？）對於我不啻是一樁莫名其妙的陰謀，一臺意圖不純的虛擬顯微鏡，輕易摧毀眼下本就搖晃欲墜的美好現世假象：你看——聽起來好善意體貼的所謂「回顧」，根本就是一隻高懸於眾人頭頂的巨大邪門獨眼，目露惡戲地緊盯不放，等誰粗心大意露出破綻，就一眨眼壓扁你，吞嚥你，無地自容無所遁形，活該倒楣。

我害怕過往之物無預警迎面侵襲，害怕面對外部世界無所不刺探的責難和嘲謔，我怕累，也怕老，怕歹戲拖棚，怕色衰感傷，越怕越多，越閃躲越尷尬，偏偏圖文惡水般挑釁撲上頭臉，只得速速滑過，一邊眼觀鼻鼻觀口口觀心，力持鎮定跌入涅槃卻屢試屢敗。

這項回顧功能頻頻現身，任憑再三按下隱藏選項，仍舊引起巨大的恐慌，洪水猛獸啊，我們已經不知怎麼去容納，自己如此不成材的事實，歲月蹉跎，那已不僅僅是單純的失望，而是注定在芸芸眾生中扮演一個無名無狀的弱者的，澀口的傷心。

曾在一家咖啡裡撞見一隻錶，明明將近十年沒戴過錶了，卻無名地湧上一股衝動，亟欲擁有這錶：水靛色錶面鑲珍珠白指針，配以銀色雕空環形扣式錶帶，1999 Swatch限量紀念款。店主說，這隻錶放了太久，也不知道能不能再走，乾脆送給有緣人，分毫不收。

我把錶掛上左腕，像一顆早已衰敗的臟器，停擺體腔內許多不服氣和不甘心。隔日，經過某個市區商圈，撞見路邊一攤修配鐘錶，問老闆能不能幫錶換上電池，老闆一邊抄起工具拆拆轉轉一邊碎念：這支錶受潮啦，裡面都是濕氣。他捏鉗子夾起一小團棉花擦拭，問我要便宜點的還是貴點的。我說，還能走的話，就換貴一點的，走久一點。

後來，錶自己選擇突兀地在某個不知名的時間點，暫止了數算。停下的錶就像一根刺，一張失去表情的臉孔，讓人一瞥及就渾身不舒坦。鐘錶師傅勸我別修了，錶腔裡面大概都鏽光了，花錢不划算的。黃昏光色，夜市邊的店家播著張雨生，渾厚男高音湮過耳畔，滿懷忿懣地唱「在天色破曉之前，我想要爬上山巔仰望星辰，向時間祈求永遠——」。

但永遠是甚麼？我們所有人只能往前走，循著直線走，不心慈不手軟。日常的不可復性是救贖也是墮落。所有被我們消磨、刺殺、虛擲的生活都在哭泣，你怎麼能夠毫無避諱地，直視那些僵凝的臉孔、過期的友情，一派輕鬆地留言點評？

永遠是甚麼？剛認識時，你流動著無邪和小雀般慾望的眼睛；彼此爭執不下的時候，你因憤怒和絕望而扭曲變形的五官，粗魯吼叫的聲響；知道自己正在背叛你的時候，我一顆心像在肋骨間低低地跳，像深怕被發現的林中的幼鹿；出門旅行的日子，機車後座的我緊抱著你，兩腿簌簌地迎著風發抖，像一對幼雛等待著餵哺；我們最後一次同床共眠，你起先賭氣背對著我，睡著了又翻過身來，我鎮夜失眠，凝視著你孩子似的無防備的睡臉，嘴巴微微啟著，兩腿一掀一掀，寬厚的胸膛均勻起伏，喉嚨滾著小獸般的哼哼……

這些當下的片段，在腦海中被記憶剪輯為生動的影子戲，日以繼夜地輪番播映。於是我知道這就是永遠——所謂的永遠，就是我們所經歷過的永不可復的傷害與快樂，一切的一切發生的瞬間下一秒。以此推衍，當我說永遠愛你時，代表了下一秒我便不會愛你；當你說想永遠在一起，暗示著下一分鐘我們即將草率別離。

若我說：永恆。我指的是無數的短暫片刻瞬間剎那所堆砌高疊的一座空白之塔，塔中空無一物，僅有破碎如水銀的時間散落於窺探者的眼底，折映出臉色蒼白的看者的倒影。

一切關於回顧的舉措，都是對於永恆的褻瀆。

我並不想知道一年（或兩年，三年，五年）前的今天（今天是十月十四號），我

（你）在做甚麼。那落單的一天，你興許做了蛋餅當早餐，上班時偷偷轉貼某網紅的發文，某文青型歌手的新單曲，某位你心喜愛的作家的一小段評論。從回顧的顯微鏡往裡窺視，乍看之下，旁人或許覺得你是個務實但不失個性的文藝青年，柔軟但具有彈性的新草莓族群。但他們不會知道，你下班回家前第一件事並非呼朋引伴喫晚餐，而是叩響精神科醫師的門扉，顫抖著手接過打滿三種抗憂鬱藥兩種安眠藥的單子，朝聖般往藥局恍惚晃去領受聖禮。他們也不會知道，你和你的伴侶早已好幾個月不說話了，回家時他正背對著你打電腦，像一面雪粉砌作的牆，在有限空間中微微晃動發光，你空茫地瞪著那背影，每一秒鐘都像這一秒鐘般，被巨大的茫然籠罩。他們更不會知道，為了每個月三萬塊薪水，你可以把自己出賣作踐到不可思議的地步，你可以道歉，你可以哭，你可以在早會結束之際衝進廁所無聲的嘔吐，再擦擦臉沒事人似地和同事去喫午餐。你可以斜乜白眼恨恨咒罵一名完全不認識的路過女子「賤人」，只因為她和你伴侶的前伴侶一樣眼角有顆硃砂痣——這一切的一切你都做過，但全部無法從回顧中窺見端倪，因為你想給別人看的是另一面——是鴛鴦纏綿的恩愛放閃，是閱讀品味的教養身姿，是深夜加班的黑色幽默，是豐盛早午餐的小資週末。

你想告訴別人的，全部都不是真的。而你沒說出口的，是你從未想要討索，這世界卻主動降予你身的那些：謊言，傷害，諷刺，挫敗，躁鬱，悔恨，低俗，與恐懼。

我們能夠告訴別人的，全部都不是真的。所以，你不能從回顧去觀測一個人的樣子，就像不能從蘆管的過道望見天空。它甚至不能幫助我們把握住某一瞬間、一閃即逝的舊自我。

我進駐自己的記憶隔間，觀看每一剎那起落伏湧的故事投影：一年前的今天，我們剛吵了架，淚眼汪汪地懇求著和解；四年前的今天，我第一次見到你，瘦長身影，卡其色風衣，因為後來我把你養胖了，那件風衣遂變成我的寬鬆外套⋯⋯

畫面跳躍，剪接，拼組，重放，直到放至最後一片空白，那是今天。我問自己：今天，當我不在你身邊，現在的你正在做甚麼？

渡夏的人

不知道適合不適合這般斷論：每到夏天，彷彿是體內小獸醒來，開始躁動苦鬱的時候，像分娩另一個燠熱難耐的自己。

尤其是這一、兩年，春天好好地過完了，春雨收斂，初夏的熱從樹葉子上一簇簇燒到臉上。寧可穿短袖短裙，捱一陣偶然的春末滯擺的寒意，也不能願意再披上圍巾毛衣，彷彿開竅的孔雀，蓬起羽扇求一點明媚斑斕。

然而，夏天一來，我便開始嚴重地頭暈。五月，六月，七月八月，當夏天的滔滔血氣穩定下來之前，只要雙腳一碰到地表，我便鎮日搖搖欲萎，像泡在燠悶大海中、被潮水推往送迎，卻抓不住一顆浮球，甚至也望不見一片岸。

整個夏季，我像被曬麋的花身，巍巍欲墜。喫不下，睡不著，除非服藥，否則整夜不能寐，一闔眼便是新恩舊怨纏纏綿綿，修羅煩惱湧入天靈蓋，人生跑馬燈一幕幕眼皮前明滅搬演。身是皮影，愛憎是戲。我輾轉數小時按捺不住起身抽菸打字到天明，到鳥啼敲打我身邊紗窗，樓下清晨公車班次寂寂駛過，壓輾路面的傾軋聲直通耳廓，竟然也能給予我一縷細不可察的僥倖之情。

活過一天，便是又死去一天。我晃晃悠悠踱進診間，對溫柔甜靨的年輕女醫生撒嬌：醫生，我又不太好了。

怎麼說？怎麼樣的不好呢？女醫生抬起清秀面龐，溫聲問慰。我說，我好幾天睡不著覺了。幾乎要哭了出來。

除了暈眩——暈眩到安眠一晚也苦求不得——還有過敏大敵環伺眈眈。三十年來，我鮮少因為換季而過敏，這兩回春夏交替，彷若隔空中了招數，一躺下就鼻癢喉燥，一次非得哈上六、七個強烈噴嚏不罷休。整晚下來，少說也哈了幾十個到上百個噴嚏；噴嚏與噴嚏之間是嚴重鼻塞，呼吸通道全面堵死，流量歸零，雙眼似要蹦出眶外那般，淚盈盈而頭沉沉。

好幾個晚上無法成眠，感覺全身肉骨已大半僵死，如裹了一層死霜的枯藤敗葉，太陽一曬便龜裂灰滅。正考慮是不是該砸銀子去做一帖江湖傳聞如有神效的三伏貼，先去樓下小兒科診所掛了號，兩鬢飛霜的老醫生觸觸我的胸背，盯住我眼鼻瞧上大半分鐘，開了三天過敏藥。藥一入身，噴嚏神奇般立刻止息，世界恢復和平理性，我感恩涕零，簡直想跪下膜拜現代醫學的無量神蹟。

五月暈眩，六月過敏，七、八月就是中暑旺季。日復一日，頭頂上乾柴烈火，驕陽燒燎，身體被烤得乾縮起來，像柴火上被燒得焦黑的蟻隻。

一旦中暑，便是無盡的乾嘔。喝水吐，不喝水也吐，頭痛如斧劈。朋友說，這是妳體內寒濕之氣無法排除，得先流汗，濕氣排泄出來便會好了。扶額哀哀的我心想反正已走到絕路，欲與酷暑爭勝，必先付出血肉為代價，所以，逼迫著一向痛恨運動的自己，竟也開始慢跑、瑜伽，兩天做一套有氧鍛鍊肌力，兩、三個月下來，中暑情況改善不少，腹部竟也微微浮現川字圖樣。剛開始試著運動，那汗像被鎖室內太久的犬隻，迫不及待衝出閘門，稍微走一段路便全身大汗淋漓，心底對著又狼狽又濕黏的自己怨怨懟懟；一陣子之後，犬隻們抖落毛皮上多餘的水分，學會了自我管理，出幾分力便得幾束汗，算算還堪稱公平。中暑這關算是頭過身便過了。

度暑還有一招：為了逼出囤積已久的濕氣，著手煮一大鍋一大鍋的黑糖薑湯，在烈日炎炎之際，不開冷氣，當水喝；另外也得退火，敲碎兩塊青草茶磚，濃濃熬一鍋青草茶，擱點兒冰糖，就此飲草渡夏。夏天好像就這麼在湯湯水水裡走到了頭，一季的恩怨人情近乎完結，數月的惶惶悽悽暫時告終，最後，歸結在一個早了一個月出場的杏仁茶攤上，喝一杯芬芳濃郁的杏仁茶。冷涼溫燙，隨君喜歡。

雨下過一場，又一場，風便更轉涼一分了。

而秋天，也將要快快遲遲地抵達了我們。

步行的人

有時候只是想去街上，不為甚麼地走一走看一看：一條街走到最後，會抵達甚麼地方。

但多數街巷，其實哪裡也通達不了。街的盡頭高起，接上高架橋或快速道路，往新店，往板橋，往公館……一條街還沒結束，便只能往別處行去。

於是，逐一條街，像逐一座海市蜃樓，或逐一個青春幻夢。夢還沒做完，你便醒了。醒來發現自己身在熟悉的街上，遂有了一種重新做人的安定感。

街給我的，遠遠大過於我給它的。我能給予街的，不過重複的步伐，撕去菸盒包裝的零碎雜餘，菸蒂，眼淚，和一通通未接來電。我想街都看在眼底，只是它不說。即便說出口，也不成形狀。

街是公平的。它贈與我的，也公正地贈與給一切人等。對於深夜躁鬱發作而流連街口的人們，街給予他們安靜的空間，給予他們一小段放逐的自由，這批深夜的遊蕩者像一群鳥，時而聚集，時而四散，往往嘴邊叼著香菸，百無聊賴地吸著，在最貼近柵欄邊緣處止住腳步。

無論多麼堅實的、磚砌石造的地面，全是我們自以為是的妄念，若不經心踏下一步，都可能墜入孤獨的深淵。遊蕩者們深諳此道。但那些住在街上的人，他們不明白自己已經置身淵底。他們睡在紙箱上，睡在長椅上，睡在報紙上，睡在自己的兩隻手上。從他們滿布塵灰的臉龐，和一頭油膩的亂髮之中，我竟看見十九世紀末的巴黎都城，那裡藏匿著詩人，妓女，吟遊者與乞丐，馬戲班的動物們與好太太們。

波特萊爾若在我在的地方，他絕對不能夠不迷戀這條街——這麼多光線！這麼明亮的櫥窗！而這條街想必也將給予詩人一方寬容的照明，就像它給予了我靜默與藏匿，讓他發熱的雙眼好好瞧清楚街上遍布的藏身之處吧！一階隱沒在舊公寓玄關的階梯，一道走廊，一道商店遮雨棚，一截被風折落的樹幹……

住處附近，有一條我特別喜歡的街，名為景新，風景常新。這名字非常適合，景新街上從早到晚，滿滿的都是各色雜貨攤販，街的腰闌處展開一個市場，清晨走早市，總讓我有無以名狀的幸福感，因為所有人都和我一樣，才剛剛開始這一天，無論前晚輾轉失眠，齟齬痛怒，在這一刻，都與這一天斷絕了關係。血紅的豬肉在砧板上咄咄逼人注目，菜販擺出各種長肥圓潤的翠綠蔬果，魚販永遠能把握住蝦子蟹魚不安分的腸肚，三、四家早餐店開在街角，食者點一份蛋餅配一份報紙，早餐店旁往往襯有鮮黃的彩券行招牌，微言大義——消息與金錢，在哪裡混都需要這些。

景新街上，每一日都是嶄新而忙碌的。簡單的吆喝，簡潔的交談，要或不要，買或不買。我多麼希望生活也能像這樣，愛或不愛，給或不給，擁抱或不要，這樣一來，大家的日子會過得明快許多，像北方人俐落爽脆的咬嚼，而非如今南方人嬌嬌綿綿，永遠是話外之音。

我們都在街上，也都並不真的在街上。我們通過，我們步行，撐開雨傘與陌生人的肩膀打游擊；我們歇憩，喝點兒咖啡或熱湯再起身出發。我們前往，我們返回，腳步來來去去，對於一條街來說，人們全部都是匆匆數秒間偶爾的一個照面，錯過了也不太可惜，緊接著，下一個照面又汲汲迎來。

也許就像我們自己，彼此之間匆忙一瞥，好語無多，本就不識得甚麼，不如就地識好歹地分手。

一條街，能看穿一個人。有人一次從頭走到尾，一往無前，大概相信前進就是動力似地抬頭挺胸，走到橋下，可能掉下去了，可能上了橋，街於是被拋棄在背影後頭。有人躊躊躇躇，半路停下又折返回街心。數過一個又一個招牌，一個又一個號碼，一隻手心捏住另一隻手心，濕汗濡沫。

我是甚麼都不知道的那一種人：只認識路名，隨著路牌指示走，不清楚自己將通往哪裡，於是把我交給了街。街走到了底，我站在一切的邊界，抽著菸，一支又一支地抽。

菸抽完了，天即將明。我把人聲還給街，它把腳步還給我。

第三章
自縛者

房間

我記得那個房間。

待在房間裡的我在做甚麼呢？

大約是凌晨五點鐘，我在電腦前披著朦朧的天光，像一頭巨大的烏鴉披著不屬於自己的羽毛，菸灰斑駁的書桌和單薄的單人床墊，紛紛凌亂地攤疊著十幾本大部頭的小說合集，書頁間雜駁地貼著彩紙的記號，像穿著繽紛衣服的人卻搭錯了他要往的車班。

我打字，邊打字邊抽菸，那是我的碩士畢業論文，第一頁放著一行標題：

「創造社小說中的國族性格與寓言性質研究」。

這一行字，在當時就是我的一切。也是這房間的一切。

待在這房間的日子裡，我將物欲減到最低，僅需要非常非常少量的物件便能活下去，這些物件包括：幾份兼職的微薄薪水、數件衣服、一條被子、一張床墊、一只裝著肥皂牙刷洗髮乳的水盆，以及支撐我日復一日遲緩地朝進度線蠕步慢爬的一臺老舊電腦（電腦主機總是哼出嚶嚶呀呀聲音，像氣喘吁吁的懋者抗議著空氣）；最後，還有一隻組裝型木板櫃、幾盒最便宜的WEST菸和打火機，書櫃裡裝著幾十本從圖書館搬回的書（到期日時還得再蝸牛般扛回圖書館，交換新的一批書回來裝填，彷彿某種與文字的空無的交易）。大抵如此。

房間的生活像一首簡單而清貧的歌曲，僅由幾個單音日夜晨昏反覆地彈奏，組成了我與房間共譜的一套組曲，那內容包含著因壓縮著身體打字，故脊椎節節傾軋推擠的咿呀雜音。以及黃昏時微風如布，將夕陽與周邊的雲膜重複覆蓋又掀起，獨坐抽菸之時，彷彿能聽見那巨大布簾皺疊又被大力甩攤的窸窣聲。房間與我擁有自行譜定的作息路線，日夜顛倒，朝暮不分。我總是日落而起，醒來後，便開始與白晝計時搏鬥，與分秒黯淡過去的天光愁對數分鐘乃至半小時，才決定下樓、上街，購買能夠幫助我接續打字寫稿直至清晨的一些物事：香菸、麥香紅茶、鋁箔包飲料、三明治和冷凍沙拉。

這些其實大多能在一間7-11全數覓齊的物品，我卻不由自主地踩著舊涼鞋走過整條街，往黃昏中人車鼎沸的大路走去，像一滴渺小的雨水努力拖著自己傾斜攀爬，意圖融入另一窪水面。或許是孤獨了太久，我無意識地沿路收集著人聲與吠音，飯麵蒸騰的市井溫度，鍋鑊沸騰的溫熱氣息，將它們一一裝進肺囊、耳蝸與口袋，回去後再一股腦兒地傾倒出來，我和房間暫時地、和平地，一塊兒分享一陣短暫熱鬧，一股人間煙氣。

房間總是等待著我，不管它明不明白自己的寒傖和廉價，不管它是否知道，我僅僅以一個月四千元的金錢便占有了它，它仍心甘情願讓我進駐、占領，據床積糧，兩把分屬樓下大門和房間門鎖的簡陋鋁合金鑰匙便輕易替我宣奪了主權，每個月付出幾張微薄鈔票，我就據有了房間，整整一年，我都握著開啟它、進入它、離開它、鎖牢它的權柄，不輕易為人放行。

我和房間共同的大敵是蟑螂。房門緊鄰整層五戶住客共用的雙門大冰箱，我在冰箱裡某一格儲藏了許多麥香紅茶、香菸和牛奶，盡量不讓房間裡累積任何食物氣息。然而，我喜歡的，蟑螂也喜歡，於是牠循其源頭，鑽入門縫探勘，好幾次，半夜被窸窣拉雜的顫音驚醒，那聲響像整座房間因恐懼而簌簌地發抖。打開燈，發現一隻巨大黝黑的蟑螂正咬嚼著門邊垃圾桶內的塑膠袋。我撈起手邊殺蟲劑，忍著胸口欲嘔的恐慌，湧著滿滿殺意，繞著房間追著那該死的動物，最終在衣櫥後面以化學毒攻結束了牠。我推開窗戶讓整室瘴氣朝外散逸，與此同時，幾乎可以聽見房間和我同時長長地吁出一口氣。

此後，每當我進入另一個房間，我同時也離開了它。當我將另一把新的鑰匙插入鎖孔的鋸齒巢穴，進入與離去，往往在同一瞬間達致某種神祕的觸合。此刻我接近你，進入你，同時我也離開了你，終究忘記了你。

現在住的地方，和那房間大不一樣了，主臥室躺著嶄新的獨立筒雙人床，床罩與棉被皆是IKEA的藍灰條紋棉麻製品和纖維填充，換衣間堆滿冬夏季的漂亮衣服，客廳有一整面牆寬高的（上網訂購木材親手釘組裝架的）原木書架，堆滿了上百冊購藏的詩和小說，如同以一座書牆記事，為愛情和歷史哀弔。房子裡內嵌一座小型的個人廚房，廚房裡有流理臺、瓦斯爐、電鍋和各式炊具、香料、調味料、米、麵與酒，狹長的櫥格裡擱著一罐風乾的紫蘇葉、一包黑黝黝的樹木耳朵般的乾香菇、一包輕薄歡快如天使翅膀的柴魚片，興許哪天興致來了，便要煮柴魚高湯、浸泡幾朵香菇、撕碎一兩片香氣逼鼻的紫蘇，全部攪在一處做茶泡飯喫。

圍繞身邊的東西都齊足了，甚至變得太多太沉重了，某種隸屬於物質的幻覺式的。我環顧室內，感到無比富足卻也一貧如洗。窮山盡水。對我這樣的人來說，所擁有者遠遠比所需要者更奢侈更貪婪。如今甚麼都變了，我和屋子一起變胖變鈍，變得充裕、變得奢侈、變得沉重。唯獨有一事不變，就是我依舊習慣性地失眠，直至太陽舉起前額、垂下手，將我推入黑不見底的疲憊睡夢的懸崖。

天光翻動時，我便想起房間來。熬夜打字到天際剖開一道白色，像神的蒼白的肚皮。此刻，房間和我將例行地舉行一場迷你的慶祝會：房間的正下方便是早餐店，凌晨六點鐘，我會下樓買一份火腿起司蛋餅，再去對街的便利商店買幾瓶麥香紅茶，一併拎回房間，打開電腦資料夾裡某一截相聲段子，在斜淋侵窗的晨光中，和房間一起靜靜地咀嚼。那些段子啊我們一起聽了一遍又一遍，毫不厭膩地一同微笑、或莞爾、或嘆息，直到睡意襲來，約莫已是早晨八、九點鐘，我攀上床，和房間一起沉入無光的睡眠，互相擁抱著墜入無夢的靜默的深海。

偶爾回去N大，回去當時賃房委身的區域，我會特意繞著遠路，隔著一條馬路，眺望著那扇通往房間的窗口，想著，此刻的我，在房間裡做甚麼呢？夏日午後的五點鐘，陽光赤腳踏在每個人的頭頂，這麼晚了，我應該醒了，房間也與我一塊醒來，我們一起怔怔地踱到陽臺，抽一兩根菸，聽河堤對面的小學，小孩子們正因即將放課而興奮嬉鬧著，那快樂的聲音一直傳到房間裡，我們齊力欲將之拒於門外，為了抗拒那單純的無憂的喧鬧，我乾脆鎖了門、離開房間，下樓，邊抽菸邊走路，約六、七分鐘便到了熱鬧的較大的街道。我會走進熟悉的小吃店，聽老闆娘的寒暄呼燙，點一份麻醬麵疙瘩、一碗餛飩湯或一塊滷豆腐，慢慢地就著即將低臨的暮色咀嚼、吞嚥，彷彿整個房間也在我體內，慢慢地吸收著我囫圇吮吞的澱粉與熱湯。

而房間就在不遠處凝望著我，它安靜地承受著孤寂的光線，微小的灰塵在空中盤繞，空氣裡殘餘著前一晚我留下的菸味，菸蒂積囤在喝完的鋁箔包中，一隻蟑螂正緩緩爬行，牠試探著、嗅聞著、猶豫著，最終牠選擇繞過了房門，往黑暗更深處顛倒踮步而去。

受困者

植物都偏執，用一字來形容就是「拗」。每次搬家後，從亂無章法的紙箱書堆間鑽出身體，簡直像逃脫囚牢似地走到新家外面的路上，在新識的街面上晃蕩，看看陌生的人、陌生的店門和櫥窗，第一股衝動，不是買毛巾，也不是買肥皂牙刷杯缸，而是想買一叢綠綠嫩嫩的生物，來對自己保證住關於生活異動的賞鮮感。

喜歡買盆栽，因為盆栽便宜，名字大多又好聽，雖然牌子拆了我還是記不住，本著希望大家各自好活的盼望，放了兩、三盆小巧多肉植物在房間露臺，一盆一個裝手搖飲料杯的杯座，用來儲植根，存雨水。

本來一推開窗，就能拎起噴霧器噴水，非常方便，露臺位置又正巧迎合了日照，於是，旁邊再繫上了一鐵網隨著搬家跟來的四、五棵空氣鳳梨，遂產生了一種「現在我們總該將就著認識認識」的寧靜氛圍。誰知道，搬來新住處沒到一週，就發現樓下寵物美容店不時散發出化學合成氣味，從一樓攀爬樓梯，沿路直上五樓。為了杜絕那簡直恐怖攻擊的香精味道，那扇我把自己和筆電窩榻其中的、小小的堆滿各種臨時物件掛巾的書房兼衣物間與雜物室，從此沒有了窗開的時刻。

自然而然地，那幾株翠綠的，可愛的，嬌嫩的多肉植物，日日有新鮮飲水可喫的日子，也就跟著斷了。加上幾次颱風狠颳下來，兩盆植株不見，連噴霧器都沒了影子，一盆幸好是早早被我裹在不穿的玻璃絲襪裡、還搖搖晃晃地懸在窗格上，每天恍惚做夢似地等著哪時襪身破了，它的小命也就完了。

有時候，從另一房偶爾探眼過去，望見那串瘦瘦的、藤芽似的空氣鳳梨，如今已經轉變成黯淡的褐色，縱使不時噴灑水霧，也是次次徒然，不見進步——誰知道去年它們也開過花呀。一蕊蕊細細紫色的花舌頭，現在都沒有了，總覺得它們真的好苦，好苦啊！為何落到我這種粗心大意又不思變救的粗人手裡？是它們命該如此，還是我生生造了孽？

後來又搬了家，新家沒有了後陽臺，但幸好因為空氣乾淨，主臥室剛好面光，人和草都能吸收光照與露水，可以把一盆盆綠的黃的藤蔓枝葉，依序擺上，其中，一盆元老級的粉紅鶴（是我無知無識去探她歲數，她跟著我搬遷的時日，算算幾乎已快滿了兩年），哽在一角，把自己縮成苦苦黑黑的一團。我盡力以涼水養之，以咖啡渣餵之，她則像似決意要死。

我很想救她，她曾經那麼嬌嫩妖嬈地在前一處住家陽臺的柵前月下，對這世界送出一抹怯怯地、自信而無傷的粉紅。她曾是那條街的公主，夜半傷心人的傾聽者，日常瑣碎的局外人。可是偏偏身骨嬌嫩，命不夠撐，撐上了大卡車搬了過來，不到兩公里路程，她已心碎欲死。

權當是開花植物都特別嬌弱，特別戀家吧。粉紅鶴消沉無望後，我移入了一盆塊頭健壯的黃金葛。與前一位宿客的纖細腰身相較，黃金葛看上去簡直像名勇武壯漢：枝粗葉闊，肉強骨硬，金綠相織的愛心形大葉片像闊大的手掌，在陽光下招呀招的。

但我還是那麼粗心無情的一個供宿主人，一轉眼到了八月，夏颱肆虐，我僅簡要地將黃金葛從陽臺邊緣移到內側，心想反正風雨再大也吹它不走，順便摘掉兩三片枯褐色的葉子。

颱風走了，黃金葛不僅好端端地長在原處，生存鬥志甚至更旺盛了。它伸出細長的綠手臂，伸出陽臺的鐵欄，綠嫩的手腕處張開一只金色的手掌，像在對它所居的城市輕輕打著招呼。

後來，工作忙起來時，我也不太留心它了，極偶爾地澆一、兩次水，撒一點咖啡渣，它都快快樂樂、心滿意足地慢慢喫著。臺北城多雨，後陽臺西曬，它適應得很好，比我們更像一個久居此地的老鄰里。

前任住戶留下的仙人掌，則沒那麼走運了。我整整忽略了它一年，它還是自活自在。矮小多刺，捏起來乾硬中帶軟韌，外表憑肉眼卻完全看不出來生機旺衰。我有時看到它，便摸摸它，確認它內裡仍有肉色。

某一回，情緒低落，一焦慮起來便想著扔東西，那仙人掌便被我扔進垃圾袋了。現在想當然不知所終。我種壞過不少植栽，但它是我少數在植栽本身仍有謀生能力時，親手扼殺的一名受困者。

另外，經我親手成功種活的，還有沙漠玫瑰，不需太多澆灌，水喝得少，僅需要大把大把的日照，對於面東的陽臺適應怡然，那環境恰好供養了這朵玫瑰的肉身，有刺有葉，花刺銳利而葉莖肥厚，飽含著深深訥訥的屬於熱帶的綠色，花開了，那股紅瓣面嬌豔無狀，像一尾微微噘唇的紅金魚，燦然飽滿地頂住了半個夏天。

記得也種過蔥，那是在蘆洲租賃套房的時候。鄰房住戶一向熱愛食蔥，於是想著有土有盆，為何不自己試試培栽？於是買了蔥，剪下尾段帶根的一截，鬆鬆小盆裡的土，將幾株根部放入土中，隨意填土，澆點水，盆身放在窗臺上迎光處。過了幾日，便看到小小綠色的蔥尖抽長；再過一小段時間，蔥身抽長，但瘦弱得出乎想像，完全沒有滿足我對它爆滿盆緣的期待。再過兩天，忘了澆水，便又漸漸地枯去，我發現後，趁蔥葉全數枯萎前剪了一把青綠的下來，剪成蔥末當晚加一點點調味，淋了香油和芝麻涼拌，喫起來味道像青草，有些可愛，但之後準備搬家，也沒有再繼續費心留下蔥根去拌土。

喜歡樹，但不擁有這座城市的任何一處空白來種樹。我喜歡鳳凰樹，細細的像翡翠削薄的羽葉，枝上雕琢著橘紅瑪瑙般的熾豔花瓣。此外也喜歡落羽松，詩人L曾經指著宜蘭城裡某處，遠方一排落羽松說，那是她最喜歡的樹，她說話時髮梢飄飄，眼角帶笑，整個人在風裡巍巍輕曳，眨動的睫毛就像落羽松的秀髮。

實用性地，連帶也喜歡茄苳樹，臺大校園某個角落，聚集了好幾株茄苳，香氣逼人。曾經因為想喫茄苳雞，趁著無人摘了滿懷茄苳葉抱回家去，洗乾淨了擺在大盤子裡風乾，但忙起來也忘了買雞肉，那盤茄苳葉擺得久了，失去水澤，變得又硬又瘦，別說煮雞，泡茶都嫌萎老。

植物都是受困者，困於土，囚於根。從不移動，無聲無怨尤。每一株植物都是一名永恆的靜立者，驕陽曬得熱了，就輕輕地俯下身去，沒有聲息地均勻呼吸著。

但它置身此地，就在這裡，在你眼前你背後你身畔，它置身於靜謐地不間斷地輪迴，今年死了，明年再等待重生的日子，等著等著，等得比我們久，比我們有耐心，那新長的日子，也就不遠了。

市場

最近迷上逛市場，特別是清晨即啟的早市。所謂的「最近」，約莫不過是這一年，因為過早醒來而衍生出的一種嗜好。

在發展出逛市場這項癖好之前，其實是先有了走路的喜好——特別喜歡一大早出門，看少少的人在涼絲絲的陽光下，縮著手腳、低著頭地走路，好像每個人都把自己退成一隻繭，各種顏色形狀的繭隻游移在早晨青藍色的街面，顯得這座城市難得有幾分謙虛和嬌澀。

清早的市場有一種新生的氣氛，彷彿惺忪著伸展著手腳的小貓，瞇起眼睛試探、打量一批批挽著提袋、推著嬰兒車或撐傘路過的買客們。逛市場的買家絕大部分都是女性，她們飽經世故的手指，優雅地滑過新鮮的蘋果和橘子表面，輕輕掂量著猶滴著露水的高山包心菜、小白菜或紅蘿蔔；或去魚販那兒，翻一翻還喘著微息的黑亮亮的石斑、剛撈送過來的吐露著舌尖的蛤蠣；或指指端坐木架上、雪白齊整的手壓豆腐，示意裝上兩塊，再踱去肉販跟前，看叼著菸頭的漢子揮刀快斬，遞來一塊紅光粉澤的脊肉或腿肉。

要知道一個女人怎麼過日子，最好的辦法莫過於窺探她的菜籃。當我們跟蹤她在攤販之間輕步移動的路徑，依據她裝入袋內的食材數量和種類，能推斷出她是獨身或者已有孩子，是小夫妻還是婆媳同住——茭白筍要了一束或兩束？帶的是一片鮭魚腹或整把小銀仔魚？若她一個閃身，殺入特價童裝區，或許可以推斷她應該有個孩子（或至少有名姪子）。如果她兩手空空地站在首飾攤前，單純地翻揀一些可愛燦亮的髮飾耳環，無論她已鬢髮飛霜或仍青絲烏亮，你都能知道在那些各有方圓的女體之內，還掩著一點不老不傷的少女心腸。

早晨的市場到了正午，開始催生出一股狂歡節的氣氛，原本一斤七十算你兩斤一百二，黃澄澄甜柿拼山蕉每籃從八十降價到五十，一把二十元的過貓和韭菜十五元便成交。隨著日頭攀爬，整街人都陷入了一種瑰麗的瘋狂，賣碗盤器皿的，賣桌墊地毯的，賣五金零件的，賣南北乾貨的，以及賣批發成衣的攤販們，攀著彼此的肩頭、扯開嗓門，朝路人的耳朵高聲吼叫，彷若發動著某種純粹靠意志力啟動的神祕咒語。魚身和大骨的小販交換著香菸，煙霧繚繞，融入正午明亮的空氣，使經過的人的眼睛裡也泛著幾分迷茫。

我為這些市場裡才有的迷你劇場出神。不過，逛市場最主要的動機，卻還是長年積習的戀物癖。租賃的公寓附近，下樓，過一條車流湧急的十字路口，走過幾家便利超商和五金行，便來到那座名為景新的晨市，景新這個名字，意味著風景常新，而市場確實如此——除了蔬果雞豬、豆腐餅乾火鍋料一類常見的攤販，是一週七日皆盤坐於定點，有幾家攤子僅出沒於週間其中的兩、三天，擺攤位置游移沒定性，總得將市場從頭走到尾（其實也就那麼一條街、兩三道巷子而已），才能確定尋覓的攤家來了或沒來。

一條街從頭到尾，再加上兩、三道巷弄，大約有五十攤以上的叫賣。我特別喜歡找其中兩家攤子。第一家是在市場內左邊一道巷子的魚攤，瘦瘦的中年攤主人總穿著整套白色工作服，有次看見他偷閒抽菸，被老闆娘半途叫回來弄魚；中年男人抽起菸來多半急促貪快，他抽菸的樣子偏偏好看，再來，他們家現切的鮭魚生魚片總佐以現刨的大量白蘿蔔絲墊底，蘿蔔絲爽脆甘甜，魚生肥美，要價平實，對於嗜魚成性的我，是解饞的重要供應。

第二家是賣零碼成衣的攤子，攤主是一男一女，看不出是不是夫妻，兩人每次現身時都不知從哪裡變魔術似地扛來好幾個比七歲小孩還龐大的黑色塑膠袋，袋子裡傾倒出來是火山泥流般幾百幾千件衣物，一排排掛上組合式衣櫥，熱鬧繁紛好像布料的物種演化史。光是外著，便有各種尺寸、顏色和材質的尼龍風衣、牛仔夾克、長短大衣、皮衣、連帽外套、針織罩衫、毛織披肩、鋪棉外套，更別提數不清的剪裁圖樣各異的毛衣、襯衫、背心、洋裝、休閒服、長版T恤、吊帶裙、牛仔褲、毛呢褲、卡其褲、哈倫褲、迷你裙和長紗裙，攤位內更有鏡子供人拎了衣服貼在身上左比右看。攤位前方，男的豪氣叫喊，「每件八十元兩件一百五哦！」魔音洗腦般讓一大群婦女朋友們激動得不知所以；女的脖子上掛著軟布尺，專門替客人量下著的腰圍臀圍，免得商品買回去硬是套不上身，不甘心。

我向這個攤位貢獻過好幾回一百五十元，從滿架成堆的溫香軟玉之間，揀回好幾件洋裝外套加上衣。整批戰利品中，最鍾意的是一件豔紫色天鵝絨低領洋裝與一件長度及踝的重磅洗舊牛仔風衣，以及一件胸口繡著桃色蟠龍、龍身周圍綻放朵朵祥瑞牡丹圖的短版天鵝絨上衣。

市場混得久了，於是知道人可以有好幾種活法。你可以剁一隻土雞腿、切一片冬瓜再加一包乾香菇，提回家去用電鍋燉一鍋冬瓜雞湯，在這個季節就是暖和的一餐。你也可以買一條刮了鱗的黃魚，下鍋油炸至骨酥皮脆，或配幾塊豆腐紅燒之，旁邊一鍋白飯主要用來填飽小孩子的胃。或者，你可以（像我一樣）經常地考慮蛋白質和蔬果纖維，避免現成熟食和湯湯水水，固定揀兩束鮮綠菜葉、挑一袋橘柿果物，青菜養生爽口，炒著燉著都好，水果則留著夜裡嘴饞時，坐著剝橘子切柿子，或洗一串綠白綠白的無籽葡萄，在夜深靜謐裡喫得滿口酸甜，非常快樂。

這樣的排列組合是無窮盡的，無論我們過著甚麼樣的生活，屋頂底下是一個人或一群人，走進市場，你總是聽見一個聲音，對你說：「你是有需求的。」對於抱著匱乏過日子的人，永遠有新的需求日復一日地產生，源源不絕，那必然帶來幾分奮發圖強的渴望，渴望去填補、去改變那些生之不足或自我惡瀆。逛市場也許不能讓我們變成更好的人，但絕對可以讓我們感受到，當著一日之始，晨光清晰時，衷心冀求今日新鮮能好過昨日雲煙的那份做人的心意。於是，逛一趟市場好過聽十次說法，而市場是聖潔的，小販是聖潔的，魚鱗和豬骨都是聖潔的。身在市場的我們，正由於昨日的汙濁窮酸與惡意摯念，而因今日裡尚未成形的已然與未然，被拯救了。

食街者

夏天拖沓了幾圈，秋天還是來了。氣溫與葉木並肩搖落，人則開始撐得住多幾層絲線做的皮膚；針織、棉襪、被褥一件件從櫃屜內躍身而出，把自己用一些鬆軟包裹起來，每天朝同樣的方向，學校或公司投遞而去。

十月間，秋老虎猶作著威福，進入十一月，天地陡然變色，走在街上，人和光影的顏色都被減去幾成，氣味成了粉墨登臺的主角，各種氣息攪拌纏繞，變成空氣裡香香的漩渦——羶熱者該是羊肉，醉濃處該有薑母；大骨醇熟，水粥樸實，肥腸肉燥極其性感。黃昏市場裡每攤堆起一落落鮮果陣，甜柿柑橘鮮棗雪梨蜜蘋果火龍果，攏做一小山丘，山腰甜霧繚繞，迷得過路犬流連嗅聞。滑開手機，臉書上各方饕餮紛紛炫技。匆匆滑過幾頁，滿眼牡蠣透抽梭子蟹，不時更有當令鮮魚——鮭魚微炙，鱸魚燉湯，秋刀香烤，一尾尾水晶肌理珠玉骨。

但喫甚麼從來不是最重要的事，更重要的，是誰和你一起共桌而食。兩年前的秋天，V攜我去喫此生第一爐薑母鴨，那鴨肉鹹香、湯頭菲菲，湯水油脂彷彿還沾在唇上，一舐即醉。席間拍下的照片中，我撈著肉丸子凍豆腐，V埋首啜食一筷子羊油麵線，幾縷捲髮和著熱汗垂下，眉眼被熱氣蒸得蓬鬆欲飛。

那時我們都還堪稱年輕，腸胃可比鋼鐵機體，石頭木頭扔進去都能絞碎的延展性。那是精神上的強度，源於年少無知的自恃與勇敢，唯有我負人的篤定。

後來，比意料中更快，像往對面斷崖奮力一躍卻踩了空，直直落進現實的深谷。識人更多，卻更與世孤絕，太多愛恨瞋苦只能一仰脖子嚥落，嚥不下便要吐。我們的胃囊猶如一滿杯血腥瑪麗，殷紅的胃液為滿腹酸楚調味，潰爛傷處欲醉又欲死，從此患上不可癒的病。

而拿捏分寸最難——要向某個人表示好感，最簡單莫過於一起喫一頓好的，越是熱鑊沸騰，越顯出吾心一片赤誠如火。胃弱之人最忌油膩生冷，熱炒混著啤酒，多挾幾筷子五更腸旺炸龍珠，當晚立刻腹脹如鼓，地表下無數啞雷整夜爆破，此身即戰場。

脹氣就算了，更怕發胖，過了三十，新陳代謝彷彿一碗熬不透的湯。綠茶錠、藤黃果、薑黃粒、益生菌、甲殼素……瓶瓶罐罐供在飯桌中央，閃閃發光彷若仙丹，每天勤服至少三回，一邊吞服內心同時自我催眠——這瓶超級貴一定要有效——我從沒信過任何宗教，竟也虔誠規律近乎教徒，祈求肉身裡一點安寧，又荒謬，又謙卑。

秋天是口腹的盛世，本該搭肩痛飲、放懷暢食，否則，這短暫的鍍金季節就像浪費了。偏偏我認識的青年們卻少有腸胃健壯者，儘管其中有人外貌正盛，有人聲名遠走海外，胃裡還是虛寒得驚人。我們這世代，或多或少都已經積攢了一些生存的資本，練習喜怒不露，嫻熟應酬盤算，臉皮越砌越厚，腸胃越絞越緊，夜深人靜，新仇舊怨壓迫前額葉，那些小如蟻觸的背叛，深似斧剁的傷害，心裡一苦，胃腸禁不住一陣扭絞，吞下腹的皆酵作胃酸，一嗝一嗝逆流襲胸而上，一種存在主義式的火燒心。

時光為帶，此身為履，日復一日，我們蒙頭駝背地盲目亂走，怎麼都無法見證彼岸花開。天界之外是無數個活躍小地獄，每人分據一座刀山頭，圍著油鍋當火鍋涮。也就真的跑去喫鍋，一個人清清靜靜點一份經濟迷你鍋，或三五人共抬一座麻辣天椒鍋。我輩孤雛，被劈的被劈，受氣的受氣，負債的叛家的欠錢不還的，太多理由教人心酸，但不管多冷的胃寒，被滾湯辣油一澆也就麻掉了、化開了。

人生最美，不過是做一名興頭上的食客，飽暖動真情，該慶幸此境界對我們而言其實很輕易便能參悟，至於胃潰瘍的慢性胃炎的腸躁症的，來日大難，口燥唇乾，我們的人生走到這裡，自此，往前往後，都是造化，至少此刻，青年們心底喜歡、腹底飽暖，彼此一時相安。

彩券行

我曾遇過一名熱衷於刮刮樂的女人，她就站在永和的一家小彩券行前，執著地硬要我讓出原本坐著的小椅子，就因為她得將綴滿亮片的俗豔手包擱在桌上，而她本人需要空出一隻手，和一張椅子，來承接她臀部並進行她的龐大事業。

她雙眼緊盯著刮刮樂彩券，旁若無人地一陣猛刮，那態度著實激怒了我，我讓到一旁抽菸（那女人忙不迭地也點起一根菸），她一邊叨念著自己曾刮中過多少獎金，得意洋洋地展示她的戰果，硬幣鏟落的鋁箔碎屑攤在小桌上，一如她人生裡微不足道的勝利。

彩券行的人們是孤獨的。

聚集在彩券行的人們，通常是上了年紀的老先生，或不知道做甚麼好的中年人。老人們三三兩兩地圍坐在黃色壓克力麻將桌邊，把或瘦或胖、散發著腐敗疲倦氣息的身軀，鑲進廉價的靠背塑膠組合椅中，雙眼緊盯著電視螢幕上變幻莫定的數字，手中捏著摺疊的皺紋和原子筆，肘底壓著威力彩、大福彩、今彩539、4星彩、樂合彩或刮刮樂，泛著白內障的眼珠緊盯著彩券行裡高懸的液晶電視，屏幕上流動著各種色彩、式樣的數字，每個人的神情都帶著幾分魔幻，就像那些跳躍的數字是異卉魔境，而他們夢遊其中。

有時，那些眼珠轉來轉去，也盯上櫃檯後頭的老闆娘或年輕妹妹，那些女生通常穿得很辣，熱褲加背心，一頭染成金色的長髮；當她步出櫃檯，沿桌彎腰收拾垃圾桶時，髮絲從肩頸往前披散至胸前，乳溝若隱若現，真是好看。

這總總博弈，我一樣也不懂。我只是去抽菸和殺時間。

中和某一處菜市場尾端，坐落著一家規模頗大的彩券行。閉起眼睛，我都能看見那鮮黃如太陽烘蛋的偌大招牌，綴著幾落紅豔豔的巨大草莓似的喜氣話，以及一張寫著「本彩券行開出威力彩頭獎!!!」的大海報，醜醜歪歪的手寫字，像一名彆扭的醜孩子，不得不面對眾人，宣布一個不屬於他的好消息。

彩券行裡有廁所（通常還挺乾淨），有飲水，有人清掃（通常便是那長髮辣妹），甚至有屬於店家的磨豆式咖啡機，旁邊放著奶精和糖粒。像我這樣的過客，只是去喝咖啡，占用別人的菸灰缸，一根接一根地抽著菸，從早晨抽到下午。

那些日子裡情況特別慘澹，又逢即將搬家，每天除了收集四處散疊的免費紙箱，多出來的時間就像無聲的懲罰，無言責難著像我這樣年紀輕輕，卻困坐愁城、浪擲光陰的存在。

一月的陽光曬著後頸，還有些烈，像一波燒酒灑在了皮膚上，血管微微地灼跳著。我一杯接一杯喝著熱咖啡，把菸灰缸塞滿抽過的菸蒂，和其他人一樣，發著呆，輪流盯著液晶屏幕和手機螢幕，期間起身去裝幾次咖啡、上幾回廁所。從早晨到午後，彩券行旁的樹木投下的陰影緩慢移動，像某種無聲的焦慮的時間。而我沒有答案。

彩券行的人們是熱心的。有幾回，彩券行前人跟人發生口角，一個把自己手杖纏滿各種彩色膠帶的老先生，會操著濃濃的臺語赴前勸說，見對方冷面不語，或尷尬低頭，他自顧自說了一陣後，突然發現自己好像是在對牛彈琴，便又坐回位子上，繼續盯著螢幕上的開獎動態，和其他同樣拄著手杖的老先生們閒聊，聊著孩子，聊著孫子，聊上期開獎號碼，預言下一輪的開獎數字。

大約有幾次，彩券行的自動磨豆咖啡機故障了。我是第一個發現的人，我清理了咖啡渣、加了乾淨的水，把電源關掉又按開，兩、三個阿姨阿嬸聚到我身邊，一齊動手動腳的對著咖啡機或久摁或輕捶，咖啡機依然無動於衷。

這時，長髮辣妹從櫃檯後探出上半身喊道：「那個故障了，要修。」

哦，那沒辦法了。——如同得悟的小僧般各自轉身散開。我回到彩券行門外，坐下來繼續抽菸、滑手機。

那些拄著拐杖的老伯，一旦坐定，便不輕易挪移，有時，他們的眼光也不落定於任何屏幕上，而可能是定在很遠很遠的，也許某一片樹葉子上。

樹葉子承受不住陽光的潑灑，輕輕一顫，便從枝椏上飄飄搖搖地，離開了。

彩券行是這座城市的中心，像一隻塗得五顏六色的磁鐵，吸引著從角落而來的失意家、無聊者和吟遊人。不知需要多久時間，自然而然地，便習慣往彩券行而來，穿過繞擠曲折的巷弄，淋著濕涼的早晨的陽光，被某種引力溫柔地牽著，挾著，往彩券行而來。彩券行裡有廁所，有飲水，有人說話，還有故障的咖啡機。

人是習慣的動物，我們被繫在自身的習慣上，習慣像蜘蛛絲一圈一圈地擁抱著我們、纏附著我們。使我們每天去到感覺安全之處，說著讓人或亢奮或得意的話，進行也許美好但並不必要的交談，喝著美好但並不必要的熱咖啡。

但扯除那習慣，人就從蜘蛛絲上飄落下來，不知道被風吹到哪裡去了。

在彩券行尤其是這樣的，偶爾，會有一個瘦瘦的、誰也不知道名字的老人，某天突然就不現身了，剩下的人怨怨嘰嘰，照舊談著不著邊際的話題，談著孩子，談著孫子，談著上期開獎號碼，談流水過境的大小獎號。不過總也不提那不見了的人。

我想，那人只是從那縷眼不能見的蛛絲暫時脫身了，也許現在正在另一家彩券行，攪和新鮮的人際網絡，新的菸灰缸，塑膠椅凳和熱咖啡。也許他們某天還會再來，若無其事地。

白帽先生

我常常會想，那些人——那些我不認識的，每天卻固定會見面的人，他（她）們過著怎麼樣的人生？

例如，白帽先生。

他總是戴著一頂白色的鴨舌帽，帽身既舊又髒，帽舌的舌緣泛著經年風塵的黃黑色澤。但遠遠看過去時，頂上那帽大抵還是一抹白。因此，我私下稱他作「白帽先生」。

白帽先生是盲的——至少從臉部看起來是如此。但他的表情透露了比其他能看善轉的眼珠更多的訊息。他有一張瘦瘦的長臉，嘴角經常歪斜著，像蟋蟀的小鐮刀般往下撇畫，嘴裡含糊著誰也聽不懂的音節。

白帽先生不大說話。每個晚上，他手持長杖，是一節泛著鐵鏽的塑膠握把的盲人手杖，沿路敲敲打打。他是無言的打擊樂手，靈活地運用著手中的鼓棒，敲數著一整排臨停摩托車的引擎，應和著水泥牆與磁磚地面拍擊著節奏，杖尖時而橫擺一百八十度，刷溜過凹凸不平的馬路路面。

白晝裡，我從未見到白帽先生的身影。但在夜間，他便現身演奏他自由爵士鼓一般的步伐，走上他黑暗宇宙裡的小舞臺。

有時候，確實會替白帽先生捏一把冷汗。我曾目睹他愜意地斜行到馬路中央，車來人往，前一輛車巧妙地避開他搖晃的身軀後駛離，後一輛摩托車的車主則大概比較猶豫和好心些，以為白帽先生想要過街卻不得其路，故把車在他身邊熄了火，對他喊：你就往前走。往前直直走——

但白帽先生不大愛說話。他扭脖轉向機車車燈的方向，對著燈光直直地發呆了五秒鐘。也許他的盲眼還能感受到一點光，也許那也只是像飛蛾撲火般的本能。但他未發一語，僅慢吞吞地踱回路肩，在無色的寂靜的夜裡，繼續刷擺著手杖，啪啪鏘鏘地擊著牆壁、敲著車體，緩緩地踉蹌地走著他的路，他的樂譜，他心底無聲的爵士橋段。

我們總是打上照面，看他從眼前顛顛倒倒地經過，他扭曲的鼻梁和嘴角，使每個與他擦肩的人不免下意識地加快步伐。

除了那輛摩托車，我從未看過有人與白帽先生交談，包括我自己。也從未看過任何人曾為白帽先生稍停下腳步。

我甚至親眼見過一個長相平庸的中學女生，一臉嫌惡地扭著肩膀避開他，而他應該是看不見的。但我確信他有感應，他感覺得到這個現實裡的貧乏的善意，感受得出身邊陌生路人對他的冷淡與全然地不信賴。

對於白帽先生，我既好奇，又害怕。我們都太習慣靠觀看臉容，判斷每名來者的來意善惡。但白帽先生的奇特之處，在於他既不善，亦不惡，這種朦朧的曖昧感使人輕易地心存戒懼。白帽先生總是選擇便利商店的門口作為出發點，往右轉彎，這條路沿街排列的先是一家麵店（羹麵相當美味，老闆娘卻異常地饒舌），再來是一家機車行（兼掛修補衣服的招牌），緊接著一棟氣派的警察局，以及霓虹簇新的西藥局（售價比別家藥局貴二十元）。我們不知道白帽先生所行路線的目的地究竟落於何處，我們只是聽著他的樂聲，啪啪鏘鏘，啪啪鏘鏘，時間若早一些，這串音節在晚上七點到九點間便開始作響。若是白帽先生出門晚了，那麼大半個凌晨，附近方圓三十公尺內三樓以下的住戶們，便也無言地聽著那敲擊，那拍打，那試探，那咳嗽般的旋律。

譬如蛾，蛾是繞著光飛的，一不小心便撲了全身熾燙。有時候，我默想著白帽先生的劇終場景，哪一天，也許他也突然地全身焚起火舌，在路途的終盡處，在全然的黑暗中，連同那頂又髒又舊的白色鴨舌帽，碎為夜色的灰燼。

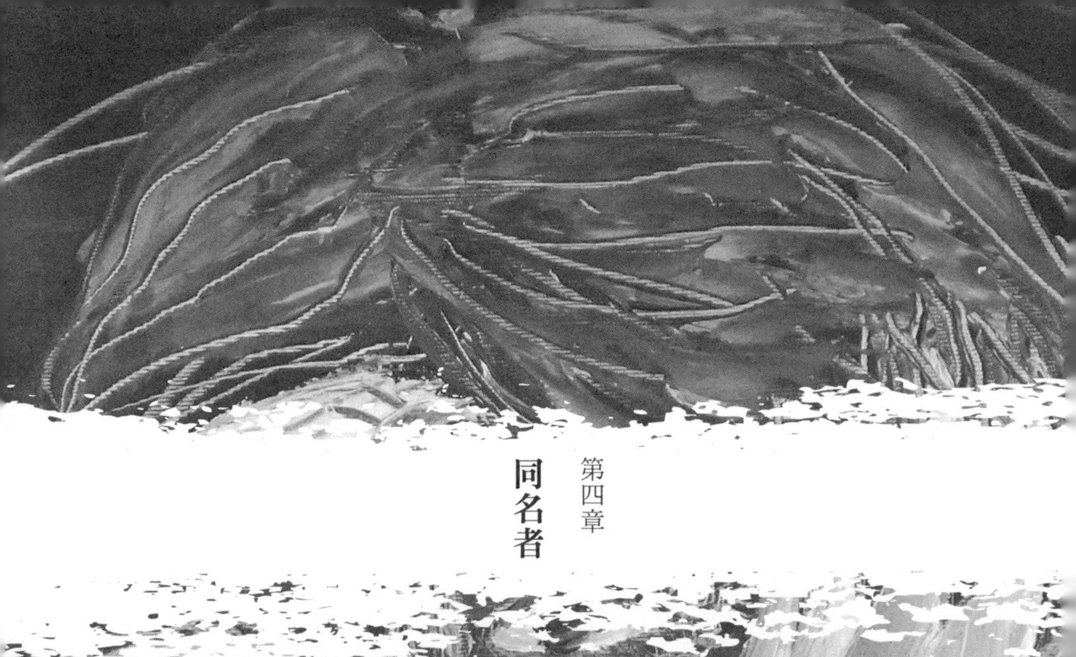

第四章
同名者

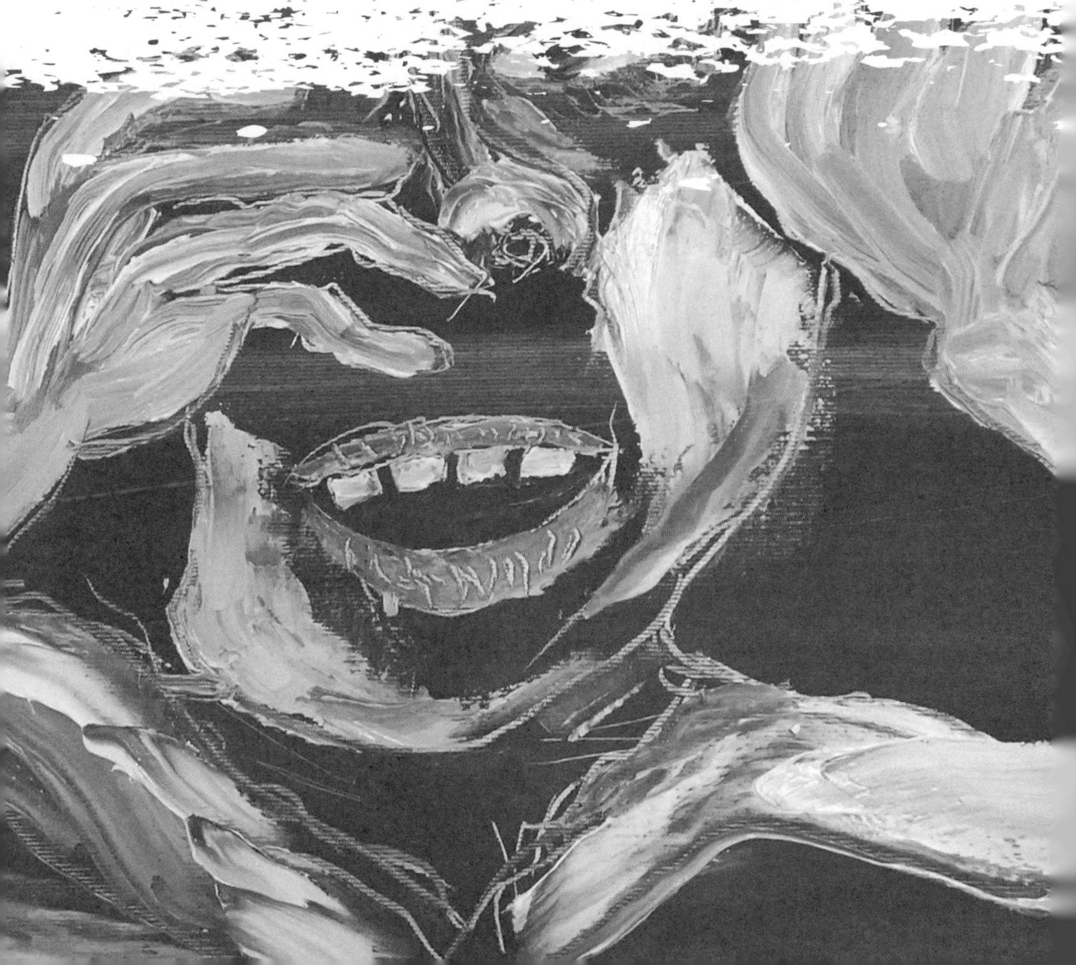

搬夢記

迷迷糊糊地便搬了家。一切來得突然，我花了一整天繞了一圈中和，看了四、五間房子，和四、五個年紀老老的，樓梯也爬得不太勤的房東先生周旋。

在臺北，尋屋並非易事，特別是像我這樣憑靠捷運移動一類人，交通方便的房子租金高得嚇人，環境幽靜的房子光靠雙腳抵達不了。看了幾間房，不是價錢太貴，就是空間太小。有無對外窗，飲水共用或者洗衣機——這一切全得納入考量。其中一個房東滿口檳榔沫漬，驕傲地向我指著荒廢墟屋一樣的後陽臺，以及不知多久沒清洗的共用洗衣機，說：我們這裡採光很好，妳看——他拉開積塵的窗簾，窗面上貼滿了過期發黃的報紙，頹靡地無可救藥。

烈陽下走了一整日，身心狼狽全身披汗之際，終於遇見了一間還不差的套房。那男房東年紀約莫四十上下，而年紀輕些的房東通常較好講話，我半撒嬌地向他商榷押金和房租，他勉勉強強地笑了笑說：那就依妳。

既然依我，我當場便要了這小屋：六坪大的套房，木製地板和衣櫃，獨立洗衣機與冰箱，可以抽菸，可以養貓。

甚麼都可以做，卻就甚麼也做不了。現在，我甚麼都沒有了，唯一擁有的便是時間。我給自己半年為期，要寫作，要養貓，要練習我從未達成的——好好地生活。

好好生活，意味著我必須不斷地不斷地記得，將一切難過寂寞或快樂溫柔收納在胸口深處的格屜內，像傳統中藥房裡那種繁複而巨大的藥櫃，一格一格的抽屜，分別裝屬著名字美麗的草藥：黃耆，杜仲，半夏，白芍，獨活，合歡……一個一個都像筆下的珍珠，以為撈握在手心，卻紛紛從指縫溜散消逸。

就這樣，我恍若夢遊般地準備著搬家。一整個禮拜，我甚麼都不想地打包、甚麼都不想地找搬家公司。新的租賃處其實離舊房不遠，裝箱打包之後我數了數：十隻紙箱、一張和室桌加上舊書櫃，輕便簡易，好像我這十年來的人生，甚麼都沒有太多地累積。

很多東西是帶不走的，譬如我們數年來所累積的幾百冊的書，譬如厚重的冬衣，譬如養在陽臺的沙漠玫瑰和龍貓葉子……又譬如我的十幾張油畫和畫布。那些就留在舊屋裡，當我不在時，它們會靜靜地和另一個人作伴。

搬家當日，一大清早地，搬家的卡車準時抵達。衣服、書與筆電安頓好之後，去百貨賣場採買——牙刷杯、沐浴乳、洗髮精和洗衣精，一大瓶礦泉水和兩杯冰咖啡，以及香菸打火機，做夢也似地抱回房間。

搬遷的過程迅速得像一場短夢，短得尚未意識到夢已結束便醒來了，故仍舊如擱淺般地活在夢裡。做夢一般地遷入了新住處，每天的度日也像夢，很少真正醒來過。夢是一窪無色的靜水，人們在水底行走，喫飯，說話和遛狗。我屏息潛入深水，最寂寥最沉默的那裡，指間燒著一根又一根的菸，盤坐在地板上面對著筆電打許多的字，感覺自己像不斷重複刻印同一行字詞的盲啞的匠人，僅僅摸索，任字橫生——各種零碎的稿件與採訪，有力氣時，也試著寫散文，也試著投稿。偶爾寫詩，能夠稍微喝醉的時候，寫詩是比較容易的，思緒像無法抑制的草從髮皮之間竄出，有時候我任由它們雜長、轉眼間便枯敗粉碎，有時候我動手摘採，吞入體內淘洗反芻，然後咬成字。

我懷抱著孤獨，孤獨亦反身懷抱著我。我在那巨大而冰冷的懷抱裡漸漸地躺平身體。孤獨使時日加速地緩慢下來。我睡不好，勉強睡著了，也是亂夢層疊。醒來了看見窗外天光大亮，樓下小狗的叫聲鑽入紗窗網格刺探耳朵，我洗澡，洗衣服、擦地，抽菸，下樓到轉角的7-11，要一杯咖啡的黑苦來警醒自己的恍惚。我抽著菸走路，在樓下的巷子裡晃進晃出，看見他人收衣服，炒菜，整理回收物，遛一些溫懦的或剛烈的狗；狗看起來都健康強壯，都習慣於被疼愛。我從這一切的表面流過，像一頭僅由液體構製而成的軟蝸牛，晝日的風景漫長而蒼白，像被踏髒的雪，在寒凍的霜層上又覆蓋了一層，一層層地重複被踩壞，被堆積，然後再度毀塌崩解，無法不垢不淨，解脫透明。

為了某種類似自我滌淨的企圖，我試圖從身體內部開始扭轉進食程序，僅靠牛奶、咖啡與麥片度日，不喫澱粉油物，這樣偏執的攝食讓我覺得自己更逼近於某種「無」。無罣礙故，無有恐怖。無荒涼，無孤寂，無傷損。這正是我所祈禱的，一場洗淨過往痕跡的象徵性的雨。時間是甘霖，也是毒液。我期盼著時間能從內至外淘洗自己，將一切沖刷無跡。

但必須被徹底沖洗的又是甚麼？我想那是悲傷，從地底黑暗流域中緩慢而延長出來的悲傷，關乎徹底失去與墜落的悲傷。我嘗試掩住耳目，不去看不去聽。但那是從我自己的心所漫溢出來的悲哀。那將我擊碎，將我放倒，抽取我的骨與血，一併竊捲走我原該完好無缺的睡眠。

我失去了新的作息，失去了舊的習慣，失去胃口也失去位置，再不能遠離手邊一點點的顛倒夢想。深夜，隻身一個人去百貨賣場，把貨架從頭走到尾。喉嚨乾渴，胸口緊縮，無心地巡視過一排又一排商品架目，辨觸商品身上的文案——溫柔／潔淨／快速／有效／鮮豔／明亮……這是夜闇生活的語言迷宮，不寐之人的解謎遊戲，每一種修辭與形容都各擁標價——你買得起溫柔嗎？當你亟需被一雙手臂緊緊擁抱時，當你獨身走在僅贊街燈眷顧的暗夜馬路上，你要怎麼買得起鮮豔與明亮？

靠夜羽遮蔽而哆嗦維生的人，他們的名字都是寂寞。深夜會去逛百貨賣場的人們，臉上鎖著某種赤貧的慾望，探詢貨物的身態，像沙漠裡匍匐的渴者，抓取眼前所能見的一切語詞和數字，各種香氣和材質，來填塞這一季和下一季的乾涸。

我日漸失去了睡眠，像緩慢地失去一個愛人，一個朋友，一個曾陪伴你走過一條長長馬路的童年玩伴。我所失去的，就是這麼重要的東西。每過一天，我就離它更遠一些，這讓我感到非常困惑：既然無眠，那麼，這夢遊一樣的集體的度日體感，又是誰制定的呢？

應該睡覺的時刻，夜裡，我抱著我的床我的枕，輪流地無聲地問著它們：還會有人願意愛我嗎？

當你恍惚疲憊到了極點，卻沒有辦法好好坐下來，坐一分鐘或坐一整晚，只為了用一根菸的時間讓自己慢慢地感覺身體裡那空洞，那難受，你站起身，掏出口袋的鑰匙，此刻世界回過頭來，壓低它龐然的無表情的臉，要問你：還有人願意愛你嗎？

而三更半夜流連於百貨賣場的人，又是怎麼樣的一群人呢？那是一群善於夢遊的人罷，恍惚地半睜著眼晃過沐浴乳洗潔精牙刷臉盆花剪啤酒，在集結了眾人的夢的碎片的空蕩賣場裡，感受現實的龐雜與繁華，聽取始終不真切地摸在地表上的腳步聲，逡巡徘徊，只為了找一瓶水，澆溉自己體內那不分晝夜，恣意橫長的夢的根系。

搬一趟家，最終不過也像背著一個模糊虛無的夢，像蝸牛從一地沉默地爬移到另一地，從一樓蠕行至另一樓，夢黏膩地攀在殼上，像藤苔緊抓著我的軀幹，我緩慢而遲鈍地搬著我的夢，在日影下迷迷糊糊地走路，流汗，瞇著眼睛打字，喝水，聽樓下的狗吠聲撞穿夜間的巷弄，小聲地彈著烏克麗麗，夢中僅能唱歌，禁止交談，並且誰都將不再醒來。

人間藥氣

我從藥袋裡擠出藥丸：粉紅的，雪白的，淡紫的。中藥錠是土般的淺褐，抗焦慮藥五彩斑斕，甲殼素色如秋水，茶花錠碧似春草，安眠藥狀如鵝卵……

日日按時服藥，藥物替代了時鐘，畫分出一天進程的各個段落。抗焦慮錠一日三回；安眠藥睡前吞服，確保隔天張開眼睛，自己還能撿起一個完整不散的軀形；三黃錠早晚各吞六粒，晚上加服腸胃蠕動劑和奇異果酵素，來疏通糾鬱多年的曲折心腸。

「如果狀況還是不好，譬如黃昏時妳覺得躁症開始發作，看情形再多喫一粒這個。」

我從年輕的女醫生手中領下一小片金子般救命丹，在八到十種藥片和維他命的間隙，瘋狂的狼匹依舊眈眈虎視著我的心。

有時候，感覺喫藥比喫飯還多。配著開水吞下十幾粒藥丸，肚子就已飽脹。再好的美食，喫下去最終不過糞土一撮。衰弱焦慮時，忍不到食物被胃囊消化便挖喉嘔出。長年下來，右手背上磨出三枚圓繭，像三女巫的冷硬的斜眼，日日乜著我重複輪迴著自贖和自殘。

久病成良醫。在我所在的地方，這種自欺之語毫無經驗上的根據，若你有病，你只能張開雙手擁抱它、摟緊它、近身肉搏，至死方休，別無他法。除了反覆地服藥，看診，好轉又惡化，有時候你甚至已分不清楚，是你在喫藥，或是你漸漸被那些越來越繁瑣的藥丸逐漸地蠶食、分解。若不是山窮水盡，才會在這條末途上找到一扇看似還可信任的門，將自己推進去，掏出健保卡，人生僅剩無多的信用被陌生小護士捻在塗滿蔻丹的指尖打量，如同你是一副被容許窺覷的底牌。

牌面掀開，首先你感到務需防備，別讓醫病系統輕易入侵你的心室！你幽暗的祕密，輾轉反側的黎明，裹在被子下邊哀嚎著邊手淫著的漫漫長夜！

但你終究必須一點一滴的透露自己，從最安全無害的部分開始：你的喫食，你此刻的感受，你的失眠症，你偶發（其實是頻頻發難）的焦慮。然後進入稍微私密的領域：你的家庭背景——你恨你的父母嗎？或過分地眷戀著你的姊妹？你離不開兒時的寢室嗎？一個畫面？有人輕瀆地撕毀了你花上整個禮拜繪製的蠟筆畫嗎？那人是誰？你的老師嗎？同學？鄰居？……

一旦你願意透露一些，再更多一些，你的身體已比意識搶先一步知道，你亦將走入這套你已走過無數次的輪迴。沒有新的藥方，沒有新的症狀，你不過是一項陳舊而衰老的擺設，所謂的真實生活，可有可無的你百無聊賴的妝點著灰塵，重複被擦拭光淨復披蒙上黑影。

信任你的醫生吧！信任你的藥！也信任你的病吧！千萬不要讓自己感到兩手空空、一無所有，否則你將明瞭，人生全是一場徒勞！等診的人們露出同樣的表情，以同樣的體態窩進椅中等候，像一整排倦得抬不起頸子的鴿子，心甘情願獻身泥濘黑沼，也不願再掙扎一根羽毛。

疲憊，絕望，重複，日復一日眼睜睜反覆上演萎靡的自己和糟糕的生活。每一天都是地獄。每一秒都想掏尋結果——自我的結果，他人的結果，去結果你手裡的一切。摩天高樓皆告毀滅，人蟻樹石平地焚風，眼見者不為能憑，擁抱間盡為大謊。

唯有藥是真實，只有它能夠暫時救贖你，無論那效期多麼短暫。至少，藥是一個承諾，每一粒橢圓珍珠般藥丸，都訴說著一顆欲渡病眾的真心。

藥喫得多了，漸漸嗅聞自己的身體漲溢著濃郁的藥物氣息。一種泛著魚腥味的甜膩，從毛孔細細流溢而下，肉體如浸泡於福馬林，在一層珍珠白之外行走於現實地表，腳尖離地一公分，是漂浮，不觸及實地。

像是活在夢裡，又在夢中夢見了真實。

我賃居的臺北南區，人口眾多，不管身在何方，男女老幼摩肩擦踵，走在路上總是無可避免地撞到誰的肩膀。捷運站大量吞吐身著制服的學生和上班族，圍繞著各個出入口和街角長椅的，是面容臃腫、氣息靜定如雕像的老人們，只有不斷轉動的眼珠追逐著經過面前的陌生行人。

我也成為他們追逐的對象，一再被或好奇或慾望的目光捕獲。他們嗅到我的恍惚滯然，追擊我的漫無所措，男人以或可食補的眼光眺望年輕的身體曲線，女人以戒備敵視的視線鄙視自棄的浪蕩姿態。偶爾，我會在他們之間嗅聞出與自己相似的氛圍——那是日夜服藥超過十餘種，漢方維他命抗生素混雜，只求半刻解放的絕望，苦悶，快樂，與憤怒雜交群媾的氣氛。

人間藥氣，是一股淫蕩的氣味，繚繞著我們的忠貞與背叛，效誓與棄守。我亦曾熟諳於所謂的Doctors Surfing：在各家醫院與各張臉孔之間流浪的一夥。我也曾輾轉經走慈濟、臺大等大型醫院身心科及四、五間精神科診所，掛號、復診、掛號、復診，然後某一時刻，被醫生的某一個措辭、一個眼神刺傷，便就此消失不復返。

那段時間，我感覺自己像身懷病菌的播散者，在臺北城裡四處游移、守候機會種下孤獨的種籽，他日之後，城市中將不定時地長出病態的植株，若從上空俯瞰，片片灰綠苔衣已逐步侵蝕城市版圖，如動作緩慢的零散殭屍，不著聲音地以個體戶之姿攻擊人類社區，返正常為瘋狂，逆文明為廢墟。

今時，我暫且安棲於D的診所。D大抵是我維持醫病關係最久的對象。D年輕清瘦，嗓音溫婉，雙眼澄澈，當我焦躁發作，說話疾亂如散彈亂打，她總是不帶絲毫批判或不耐，而一貫溫溫柔柔地凝視著我，連皺眉也是憐憫。

面對如觀音般白皙慈悲的D，我暫時安定下來。每次見她，皆有如朝聖。她重複強調：我們一起努力，好嗎？

於是，我心甘情願地遞出藥單和健保卡，遞出我所餘不多的安穩和自尊，接過一大疊藥袋。從藥衣裡剝出藥丸，就著藥局的溫水吞服。吞下一整座城市的失序和混亂，消化調勻此地近四百萬人口的不言不說，讓眾人的悲哀與孤寂通過我遍身肌膚毛孔，行走時蒸散流逸於空中，形成一層透明衣膜，以病打磨，以藥縫製。

咖啡與菸

對於咖啡，我想自己已有了黏伴血髓的依賴。一日不飲咖啡便渾身不舒坦，感覺精神心智被包裹在黏膩的肉體內，與外面的世界隔著厚厚一層肉膜。誰對我說話都聽不清楚，至於是誰人在我面前，雙眼也看不清晰。

從未想過自己會染上如此嚴重的癮頭。早上起來：一杯咖啡、數根菸；下午再一杯，晚上再飲一杯，每日固定三杯（或更多）黑咖啡，已成為合貼體肉的習慣。我的血液我的骨頭，對這濃郁的黑色的液體已然熟稔，吸收它、吞噬它，縱使傷胃，只求醒神，然後安心。

喝咖啡喝出了病徵，腹餓的時候，頭疼的時候，首要的是先找一家鄰近的便利商店，闖入點一杯美式冰咖啡，加糖不要奶精，領到那聖水一般的杯子後，隨即在店門前蹲下，渴牛般飲著那漆黑帶毒的液體——如果咖啡因讓人上癮，那必定也是這世間最善良的一種病了。它不傷人，不炫己，來者不拒。一杯樸實無華的黑咖啡，能夠包容些許未發之語，陪伴世上的嗜苦之眾。

要說多傷心，倒是不至於此。咖啡無意，飲咖啡者亦無心。曾經有一段時日，每天早晨走十分鐘路程，去住處附近的彩券行，因為那家彩券行慨於供應免費的咖啡與砂糖。清晨，冬天的陽光歪斜地罩在人們的臉龐和下顎上，人則多半是瞽瞽老者，他們背負著自己的老齡，和歲月一起攤在骯髒的地磚上，接受偶來的微雨的滋潤。他們是那麼地老，老得連影子也是駝的，電動門間，我進進出出，按下一杯又一杯機器擠榨出來的廉價咖啡，配上一匙匙砂糖，那些蒼老的眼光便隨著我的腳步而流移。在他們眼裡，我太青春太年輕，現身此處確是件怪異的行止，他們揣度著：我看上去不像流浪漢，那麼必定是個失業者，才會白白浪擲一個又一個大好白晝，到彩券行配著免費咖啡，廝混過幾個鐘頭。

老人們的揣測不無道理，我失業著，並且不斷地失敗。那段時間，我仰賴烈酒並依憑藥物而活。週復一週，我固定去精神科診所報到，向長髮溫柔的女醫師訴說我的失眠，我的頭疼，我的渴求、貪慾和注定失落不可得之物。女醫師撇著柔軟的漆黑長髮，眼神清澈，目光流連於我手腕傷疤長出的白皙新肉。她細聲細語問道：那這次換別種藥好不好？我們再試試看，之後再討論好不好？

我說，好。

我說好。但我知道我一定會跌倒、會流血、會匍匐著抽動肩膀痛苦地哭泣，既然這樣，為甚麼還要嘗試，為甚麼不乾脆放棄？

可能就像那首詩，那名詩人寫下：「我心有所愛，不忍這世界傾敗。」

我仍心懷所愛，愛得無法不一敗塗地。

是好一段時間前了，許多個加班到凌晨的晚上，我隨身帶著酒瓶，瓶中裝著讓時間變形的金色透明的液水，蹲坐在公司的陽臺一口口啜飲威士忌和波本。

酒的味道讓人抗拒，像某種混合了胃酸與藥粉的刺喉甜味；我捏住呼吸，一仰頭，連同東區缺乏血色的夜景吞嚥入肚，感覺喉頭熱熱地刺痛，分不清楚這座城市究竟是太寂寞抑或太擁擠。

我不適合酒，喝多了會失散記憶，我討厭這一類的事。我總是盼望能夠全面地掌控自己以及周遭的一切，酒精卻使我失去掌握現實的能力，讓我軟弱，讓我抱著膝蓋哭泣。我不喜歡這樣。

咖啡與酒正好矗於相反的兩端，酒讓人迷惘，咖啡使人清醒；酒精狂烈，是持刀的暴徒，一刀刀戳著你的喉嚨，你的胃囊和胸口；而咖啡因冰冷自潔，如水中曇花，幾近無形。

離職以後，我心口發慌了兩年之久，那一整個冬天卻不太冷，日復一日地，睡醒後披上毛衣，踩進鞋子便走去彩券行，混在人群中喝咖啡，看天光挪移，也窺探別人手中的報紙字條。奇怪的是，不算小的一家彩券行，除了我，幾乎沒有人喝咖啡。人們只是抽菸，一根接一根不停地燃上再捻熄。

住處附近的咖啡店何其繁多，多得無法背誦清楚一家家店名：露易莎、EASY

CAFÉ、西雅圖、星巴克、怡客……全是連鎖品牌，室內室外全都裝滿了人。若是放低眼光，仔細看看那些喝咖啡的人，可以發現吸菸者占了幾近一半的比例。他們菸不離手，抬著下顎說話，同時毫不在乎似地，偶爾才拾起眼前的杯子，啜一小口咖啡；無論杯中裝的是熱拿鐵、美式黑咖啡或者卡布奇諾，他們好像全然毫不在乎似地，將雙肘擱在椅背上或膝蓋上，吞吐著午後鼠灰色的陰雲。

他們清醒，太清醒了，清冷得讓人害怕。人們恐懼他們眼光裡銳利彷若無物般的某種透悟，再加上指尖的菸段，彷彿某種入定的禪。

手頭有菸，肘旁一杯咖啡，感覺自己就像一名持矛架盾的武士。縱然大敵在前，也毫無畏懼。

好些時候過去了，我感覺自己老了許多——臉頰變得鬆弛，額頭壓出皺紋，肝斑爬上顴骨，嘴唇失去鮮豔血色，肩頸鎮日地僵痛痠疼——於是我知道，老去的人不能再倚靠著金雀或史蒂諾斯度日，更多時候必須自己撐住自己，苦扛硬持，牙咬得碎了，也得順順地吞進喉管。

不過，咖啡畢竟比碎牙順口得多，而菸也是容易抽的，打火機「啪吋」地擦亮火舌，像一聲心碎的預言，菸頭燃著後，濃郁的煙霧隨即一舉入喉，在胸腔裡兜轉一圈，擦拭過肺葉，再從七竅徐徐溢出，菸燼像細緩的雪意，慢慢地堆高，終而散滅。

我幾乎要忘了，這城市是沒有雪的。

冬日裡比尋常季節更頻繁地點菸、吸菸，劃亮小女孩的火柴，又似少女的閨房繡燭，再燃入了前中年的闇夜燈籠，那點微弱的曖昧的赤練蛇舌尖般的柔軟，捻在指間，煙霧冶煉菸身中的焦油，一節一節的火氣燒著手指，燻得骨節發黃，指甲剝裂，必須用各色蔻丹掩蓋。珊瑚紫或玫瑰紅或海水藍或午夜黑，於我都是浮在海波表面的油層那般的表演。唯一真實的溫度是火，火舔著菸，我抿著嘴唇，一支接一支地抽，喉頭也就一截一截地、緩慢地溫熱起來。

孤身一人的時候，菸是煙火，一根菸，換一場小型的三分鐘的個人藝術，像內心的魔術，隨時隨地能夠為自己搬演。而酒則是柴薪，是身體，要用骨頭用臟腑去搓揉去剝磨，酒精將意識的死皮削除、積瘤割淨，換得表面的和平，寂寞孤獨都化作玻璃碎塊。我已經記不起來第一次喝烈酒的時境，但大概仍是念書時期的事情，一手捏著酒瓶脖子，一手捏著已滅熄發暗的菸蒂，凌晨中，坐在路邊不斷不斷地哭泣，燃菸時幾次燒到手指，幾乎不知道怎麼摸回房間睡覺的，但知道的是，一直睡到下一個傍晚，昏昏沉沉去7-11買食物，熟面孔的店員對我說「妳不能再那樣喝了」，她描述我如何地與陌生的計程車司機攀談，在店內的廁所誇張地嘔吐，弄得一地是一大灘酒與嘔吐物的噴泉。關於這些細節，我驚駭地發覺自己全無記憶，甚麼都不記得了。

另一件事，則隨著年華過去而變得模糊，但總還記得自己晃蕩在深夜校園裡，在樹林與溪流之間徘徊，撥著永無回應的號碼，一根接一根的點菸，抽得那麼快那麼恨，那時大抵是初學吸菸的二十二歲，為了化融胸口的霜層，抵擋一句又一句來自語音信箱的索求——「有事請在嗶一聲後留言」——我想說我沒有甚麼事，我只是想見一個人。在樹林的背面，我因尼古丁與焦油的燻煉而反胃，吐完後再一次地打火、點菸，菸身燒著像肉身也一段段化成了滾燙的燼身。

不存在於記憶中的事物，卻成為他人風景裡的圖畫，畫在玻璃上的，時日挪移，厚厚的灰塵積了一層又一層。我站在玻璃背面，任憑怎麼地伸轉肢體，也無法越過玻璃的結界而跨去另一面，將自己釘在圖畫的正面，好好地審視自己曾經出醜也好崩裂也好痛哭也好的總總情態，這樣的無可凝視總使我非常地焦慮，我太想窺探他人之眼，想面對面地看看那些瘦疼輾轉孤獨散步的夜晚裡，學生宿舍中廉價租賃雅房中凌晨無人街道上橋堤上的自己，散亂著頭髮面頰浮腫素顏，也全無所謂。

我只想親眼看看，我究竟是怎麼回去的。我想見證，我是如何一次又一次地被拯救、被擁抱，而那些救贖的光點皆已被記憶的黑洞吞沒，消失在無光無氧的封閉宇宙裡，不存在底部以承接。

烈酒易飲而難散，使人神智昏聵、心志曖昧。咖啡讓人心安，菸則供人取暖。

我仍心懷所愛，愛得無法不全面潰敗。

但生活依舊如故：喫飯，走路，菸一支接一支地抽完又踩滅，喝一杯接一杯的黑咖啡，加糖不要奶精。

酒與藥讓我成為一個病人，咖啡與菸則讓我變成一個大人。

不飛的人

天生暈機暈得凶，飛機升空之後，我通常便陷入深沉的昏迷。通常服了暈機藥，加上出發前一晚睡眠不足，整趟飛行好比闇夜盲人般暈頭亂步，憋不住，就撞出一口懸宕的胃液。

我並不常搭飛機，但若情況允許，旅行時我還是偏好選擇搭飛機，不為甚麼，為了節省時間。時間意味著體力，體力是基本能源，是旅途的前提，能多留一分是一分，誰都懂這道理。

即使每次飛行過程大都是暈疼蒼白的，不過倒是非常熱衷於在機場閒晃。

機場裡的一切都不是固定的，包括機場本身的形狀、個性也不能一致。我去過日本成田機場、香港赤鱲角機場等規模宏大、旅客鑽動的大型國際機場，上百列航空公司、航班代號和起飛時刻嵌在黑色平面上，流動，變換，閃爍如瀑布飛雪，如夜空銀河；僅僅作為觀賞，也能傳達出某種現代裝置藝術的神祕體悟。

松山機場、臺東機場等國內機場則簡單明瞭得多，人們的去向與來意便清楚起來。手提一只公事包的該是出差，攜家帶眷者大抵是返鄉，拖鞋配T恤的背包客是一望即知的，口音的簽署更是隱藏不了，粵語爽脆，日語輕巧，韓語衝辣，各省鄉音敲鑼打鼓，擠在一處觀光。

至於離島機場，規模不比上班族和旅人們聚集的臺北轉運站大上多少，大廳涼涼地晾著幾列金屬長椅，人比椅子少，航班一天飛一或兩次，遇上颱風或天候差，束手無策的旅人只好背起包包，回頭再往海邊走。

人在機場，總覺得應該學廣告看板上的喬治・克隆尼，把自己擱進咖啡廳，熱熱地點一杯浮著優雅漩渦的拉花拿鐵。興沖沖走近店面撞見價格，腦子裡轉一圈旅途預算，就悻悻然掉頭走向星巴克——沒到那分上，喬治・克隆尼？算了吧。

咖啡因流過緊繃的肌肉，身心變得溫煦，分外生起旅遊興致，轉身往免稅商店遁去。

機場裡的一切都是流動的，疊疊架架的樓層空間分割為一戶一戶的小套房，每戶均豎起落地玻璃窗，擺開商品陳列櫃，懸掛商品海報和折扣牌價，指示你、召喚你：在這裡，來這裡——但這裡不允許養成習慣，不允許念舊和依賴，今日占據最顯眼地段的店面，明日忽然改姓易主，而且在極短時間內就抽換、搭建好另一座嶄新完整的品牌國度，另一套消費密碼，貴賓卡得歸零重啟，一切有如幻術蜃樓，徒留一片不明就裡，終歸只能習慣自己的不習慣。

機場是一個鉅細靡遺的戰時之夢，像一座載金嵌玉的蓬萊島，浮於國與國、海與海的分際，各種語言、慾望、動機、目的如大批魚雷潛伏水底，暗自竄流，每踩一步都是空心，每次重遊都像夢遊。所有的購物皆立念起意，所有的香氣都包藏貳心。胡晴舫在《旅人》裡寫道：「階級是身分。當一個旅人移動時，階級跟著旅行。透過你的機票艙位、手錶、皮箱和給小費的方式，告訴新社會裡的陌生人你的身分。」我的信用卡額度太少，年紀太輕，階級的天眼不樂見我在Gucci或Chanel揮霍一隻包包、香水或高跟鞋，但容許我暫啟後門，踏進免稅菸酒的門廊，揀回一條Hope或Lucky Strike。

階級無法消弭，卻可以暫時擱置。族群差異、語言鴻溝與口袋深淺，一進入機場吸菸室便輕易地柔焦圓化。買完了菸，接著找香菸符號的指引標誌，吸菸室通常位於機場的邊緣，護照國籍各異的陌生人共處一室，煙霧蒸氳，每張臉藏進各自的心事，僅有擦火和拆菸盒的聲響不時躁動，偶爾浮起一句「Got lighter?」、「借個火？」嗓音壓得極低，轉眼又沉入池底。蒼白日光燈下，或金紅或漆黑的髮色盡數轉灰，空調強大，寒氣逼人，落地窗外無數巨大金屬造物升起又落下，頃刻間萬物寂滅，惟風蕭蕭，竟像世界的盡頭。

相對於機場的活色生香，機艙內部扁平得像場鬧劇：孩子吵鬧不休，少年大呼嘻笑，嬸婆們熱烈傳遞免稅商品ＤＭ，指揮著這牌的香水給妯娌，那牌的巧克力給姪兒；前座的行李太貪太胖，一晃滾落置物架，差點砸中身下乘客的腦門——焦慮，煩躁，憤怒，不耐，眾多情緒的微小支流匯集為集體的噪音河川，艙門一關淹過七孔。你在心底祈禱：讓這些人安靜點吧，等等起飛時又得耳鳴的。

直到升空。對飛行來說，最短促最關鍵的就是升空與降落，飛行中最有意境的地方。當機身在跑道上緩慢轉向，加速助跑，輪架騰空的一剎那，從窗格望出去，機翼獵獵地擊打著氣流，你與其他人突然間擺脫了萬有引力，一齊向上拔升，彷彿修道多年後終於證悟涅槃。

藉由飛行，我們取捷徑得了道，參了禪。至於降落，最精妙在於那落地一瞬間，機身觸及地面時狠狠地一震，肉身從空中被甩回地面，像一個終於了結的懸念。

Ｂ多年來往返臺北巴黎，他不和家人見面，也不喜送別場面，每一回都是隻身遠行。有一次他服藥服得多了，意識幻作大城市裡一縷孤魂，凌晨四點鐘搭計程車跑到桃園機場，坐在大廳中央看一批批旅客滑過。你看著人們抵達與離去，相聚和分別，你看著他們擁抱、親吻，神色淡漠、步履匆忙，你繞走於精品區、書店、咖啡座、行李背包和西裝革履之間，舉行只有你一個人的歡送會，在你內心獨白的感傷劇裡鞠躬。

B在機場獃了整整四個小時，這四小時裡，他在這世上是透明的，幾乎等於不存在的，像一小杯水傾入茫茫大海，任憑自己流過陌生人歡聚苦離的背景。

「後來，我去出境大廳樓下的速食餐廳點了一份早餐。我邊切火腿邊忍不住想著：『我到底，在這裡做甚麼啊？』」B苦笑。

你並沒有做過甚麼，你僅僅是關上一個房間，轉緊一道鎖，在封閉的體腔裡逡巡難眠，渴求一回開啟，一份坦誠，一個轉機，內心盼望者不過是孤寡老去前，能有一次真正放心把自己交給一個地方——沒有兒時夢魘、沒有舊日傷心，永遠新鮮、年輕、慷慨好客——這樣的地方是最開放、最自由的，當你需要時隨呼隨應，絕不為難。

而機場的一切恰巧也並不會變，為了迎接你這樣的人，它永不熄燈，它永不鎖門。

黃金時代——記尉師

那裡有一棵很大的鳳凰樹，在中庭。密密的葉子像玉雕得一把把小扇子，樹身高得讓玉扇子們直接搧進了天上的雲裡。

鳳凰樹不知道幾歲了，那時候我大約二十四歲，最多二十五吧。我想。每週僅有三學分的課，上課時要一步步攀上N大的前山，再爬上百年樓四樓最靠邊角的多媒體教室。百年樓若從前門進去是一樓，若從後側的便利商店進去，便直接通到二樓（那家便利商店不知道現在還有沒有，大學的時候我曾在那裡買過一罐雜著小亮片的透明指甲油，我記得那一小罐指甲油，節省地慢慢地擦了很久，直到油質乾硬得不能再攪塗為止）。

四樓的教室是狹長型的一色雪白，窗外即是斑斕山景，教室中間擺著一張長形橢圓會議桌，桌前坐的是尉天驄老師。這是尉老開的現代文學課。碩士班三年來，我每一學期都選修尉老的課，第一是尉老學識淵博，人又可親；第二是學分好拿，報告好過。還有第三個原因，即是教室左側緊鄰百年樓最高的天臺，上課前和下課時間，我隨便往籬笆和花蜔藤蔓之間站著，抽菸，曬太陽，全不受人管束。

直到畢業之後，我才知道自己當年有多麼幸福，因為尉老是異常珍貴的、臺灣文學史上的一個寶貝，一項資產，一個好人。從里爾克到聞一多到魯迅到沈從文，從莎士比亞到歌德到波特萊爾到王爾德，尉老思緒如飛龍野鶴，活潑竄流在各種國家時空的文學才人與城市景貌之間，我們跟著他跳躍如飛，縱使筆記怎麼抄也追不上他的思路迅捷，乾脆放棄了而只望著他笑，尉老也望著我們笑。修課的學生都是中文系和臺文所的研究生，彼此認識又不認識，但常常因為尉老笑著，便也互相看看，一起笑了起來。

那真是美麗的時光，總約莫是二〇〇九到二〇一〇年之間。尉老身材高大，走路尚撐一把手杖（但他更常揮杖指指點點，而不是光拄著），眼珠也覆上淺淺的白內障的一抹藍寶石色，但不減絲毫氣宇。每一次看見尉老，他總是乾乾淨淨、精神十足地。因為是最後兩學期的唯一一堂選修學分，我通常很珍惜地早早上了山，在陽光遍灑、遮蔽微少的四樓天臺抽菸，抽完後走進教室，有時遲了十幾分鐘，尉老大氣，不計較地朝我一笑。

那笑，我現在仍舊在他的臉容上常常看見，那是對於年輕，對於時間，對於青春的過剩與衰老的從容的瞭然一個彎角。

拐過彎，剩下的只是人間光陰。

那是我的黃金時代，也是我們的黃金時代。幾年後，看許鞍華拍蕭紅的電影，我竟然不自覺地眼前浮現那棵鳳凰樹，撐著一身焰紅，在百年樓中庭的山風山雨裡，欹欹巍巍地哼哼著，兀自靜好的景象。

記得尉老想在其中一堂課安排我們看歌德的《浮士德》。某堂下課後，他把我叫過去，問我能不能在網路上幫他買ＤＶＤ，我當下稍微驚了一驚，覺得尉老真是時髦！連網拍這玩意都知道！

當年，網拍購物在年輕人之間已經很流行了，遠遠比智慧型手機來得普遍；網路上的貨品又齊全又便宜，我也常常在深夜與朋友流連於YAHOO奇摩、露天拍賣等虛擬商場，一條一條連結地交換品評，沉溺於單純的物質與感官刺激的趣味。

下一堂課，我印出在露天網站上找到的幾種DVD，問尉老要買哪一種，他翻翻瞄瞄，最後選了《浮士德》的偶戲電影，說他以前看的便是這個版本。我雖然驚訝他居然沒說要我們看歌劇版（歌劇版的封面看起來相當無趣），便趕緊下標、催貨、借場地，下一週，我們便到了一樓的大視聽教室，我面對機器也相當沒天分，但尉老一臉期待地看著我，那神情像孩子滿懷期盼地望著自己的生日禮物。沒其他辦法，我憑著運氣，在一整班人面前拙劣地撥撥開關、弄弄按鈕，結果運氣不錯，順利地播放了一次泥偶與真人互動演出的*Faust*。

二〇一四年九月，尉老出了車禍。他過巷子的途中，被一輛車攔腰撞飛，頸椎著地，因此損傷。從此臥床休養至今。

他在榮總待了好一陣子，後來搬回秀明路的家。比起別人，我做得非常非常少，僅僅是幾個月去探望尉老一次，帶點好喫的去，帶份雜誌，或自己的詩集。而尉老依舊慷慨非常，臥床的他雙眼炯炯，像一頭巨大的獅子被困在狹小的獸籠中，仍舊生氣勃勃地凝視著外界。肉做的柵欄不能凋零他的靈魂，躺著的他瘦了，看起來變小了，頭髮微微地變薄了，模樣反而像起了他摯愛的詩人里爾克。那雙眼睛凝駐你身時，你仍能感受到那裡面如炬的靈魂正耀耀地放光，照著你，銳利得幾乎讓人無所遁藏。

尉老對後輩的縱容寬厚，當我第一回拜訪他家時就顯露無遺。那一次，我帶著自己做的炒米粉與燉雞湯給他，為了讓我高興，尉老當場打開碗蓋，喫了兩筷子米粉，不停稱讚我炒得香。他知道我有菸癮，當記錄口述到一個段落，我問他能不能下樓去抽根菸，尉老早就戒菸多年，二話不說地拿出一個玻璃菸灰缸來，讓我在他那砌滿書牆與字畫的客廳裡大肆地抽菸。後來我把這件事告訴了任之，任之說尉老從來沒有這樣對待過其他學生。我開心極了，把這事當作一株水晶玫瑰攢在手心，時不時揣在心底想，想著尉老大概特別疼我。

後來，下一回去採訪尉老時，他斜坐在客廳的椅子上，我在他膝邊攤開筆電，他說話，我打字。而那時他已無法再起身，遞一只玻璃菸灰缸給我。

畢業已經很久很久了，每當我去陽臺洗衣服，午後的陽光毫不吝嗇地澆在我的肩頭，以及，每當我路過公園，看見公園裡被養得碧綠乖巧的樹林，我便想起了藏在半山樹蔭裡、靜謐不語的百年樓，想著樓中庭的那棵鳳凰樹，夏日時快樂地怒張著嫣紅和翠綠。我也想著尉老和他的課堂，他深色木製的拐杖，他的浮士德。

我永遠無法體會那段時光裡，自己是多麼地幸運，但我記得當時我確實非常快樂。在天臺那座籬笆下抽菸，豔夏熾熾，走進冷氣清涼的教室裡，他望著我們笑，我們也望著他笑。我想念那樣的時刻，隨時極願意再重來一次，即使年輕時的我自卑而貧窮，除了文字，幾近一無所有，但我能看見尉老那樣地，昂首闊步且精神鑠厲走來；我能看見他推開門扉，看見那雙明亮如漆的眼睛，溫和地朝眾人瞥去。

那短短三年的時光，我想就是我的黃金時代了。在那個日光似金子般奢侈地灑落的時代裡，尉老早已遠遠地領先了我們好幾重路，他卻是那麼地情願暫時停駐路邊，為了好好地等待我們每一個人，與他擦肩而過。

人與人——記炎欽

我一直覺得自己活不過四十五歲。

之所以這樣認定是因為，我曾經向神明許下一場交易。當時，我懷著滿腔懺情，踏進某間著名城隍大廟，點燃了香，我對神說：請把我的陽壽十年分給某某，五年分給某某，再五年分給某某某。

求神拜拜，按時喫素，不過是最簡單的「過壽」方法。此後，我記得初一十五要茹素，這場交易得花上整整三年，來換取將自己的一部分交出去，託付給我在乎的人們。

陽壽厚薄，各自有命，一人只得一份，你不會知道自己的命數對你來說會太多或太少，亦不可能有機會挑長嫌短。你就像裹在紙裡的一條魚，關在現實的窄箱裡，碰得眼青頭花，除了等待命運之槌朝太陽穴重重擊下的那一刻，其餘時間裡，其實完全無可作為。

我多願意自己是一塊厚墩墩的肉，這裡切下一塊里肌，那裡切下一疊五花，容我雙手奉上，對你說：請收下罷，拜託了。

但我只是凡人，和你一樣，沒辦法真的親手去操弄或盤讓些甚麼。因此，我去了神的面前，俯伏在油膩的蒲團上，祈求神協助我將自己一塊一塊地切讓出去。畢竟，我沒有甚麼積極的東西能有效地償還予那些我所虧欠者。若是願望成真，到時候，我想我或許會變得很輕很薄，像一片吹口氣便翻飛無蹤的蝶翅，抱殘守缺，黯而無光。

這就是貧窮而自私且身無長物如我者，對於人與人之間，少數能祕密贈與的最好的禮物。這就是每一人，生而在世、呱呱墜地那一刻起，即身懷的最原始的資本：命數。

減減除除，我想我有一絲可能性是活不過四十五歲的。對此，我沒感到甚麼不滿足。

而黃炎欽並沒有活過他的五十六歲。

炎欽是我婆婆最小的弟弟，V的舅舅。我原本跟著喚他阿舅。從某一回過年開始，大家開著玩笑，喝著阿舅燉的烏骨雞湯，在旁人慫恿之下，我戲謔地叫了一聲炎欽，他全不在意，笑笑地從櫃檯後面抬起頭說：嗨。

炎欽這一生過得並不好，以一般的眼光來看，他完全是一個失敗者。據說，他以前是非常厲害的廚師，V和V的哥哥小時候，幾乎是住在舅舅家長大的。V記憶裡，炎欽是一個非常嚴厲的長輩，小孩子，不管是自己的小孩或是姊姊的小孩，只要調皮搗蛋、不寫功課，一律得接受舅舅的無差別懲罰。當然，那懲罰的方式，就是責打。

但炎欽同時也是身懷一手快炒絕技的舅舅，兄弟倆熬夜讀書時，肚子餓了，央著舅舅煮消夜，炎欽二話不說、捲起袖子，翻找冰箱裡剩下的飯菜，大火砰地騰起鐵炒鍋，下油爆香，蔥蒜的香氣勾得兩名青春期的少年鼻腔發癢。上桌的可能是鳳梨蘋果蛋炒飯、肉鬆空心菜炒麵一類充分利用剩餘食材的創意料理，也可以是比較樸實些的蔥花豬肉澆飯。

那是舅甥之間的美好祕密時刻。看著外甥們大口扒飯，身上還繫著一條油膩膩圍裙的舅舅，總是笑得非常開心。

V說，那時候的阿舅，還是生命力旺盛的壯年男性模樣。他賣過炸雞排、肉羹飯、麵線羹，最後全都以收攤終了。後來，他看中滿街都是看漫畫的年輕人，在蘆洲地方的某一條街上開了一家漫畫店；店面開張之日，正值網路崛起之時，去漫畫店租借漫畫的人流，一眨眼從不息川流縮減成零落雨滴。其他人——大多數人，已經連上網路、吹著冷氣、舒舒服服地看著免費漫畫——伊藤潤二、手塚治虫、荒木飛呂彥、北條司、井上雄彥、今野克彥、乃木坂太郎、佐藤文也、富樫義博、和月伸宏、堀田由美、吉村明美、岸本齊史、吉田秋生、大友克洋、大島司、寺沢大介、夢枕獏、浜岡賢次……乃至近年爆紅的安倍夜郎、由黑翻紅的久住昌之。戀愛，獵奇，美食，偵探，無論甚麼類型的漫畫，上網應有盡有，直抵人們貪奇的眼球。

阿舅的漫畫店甫開張便乏人問津，只稀稀落落幾名常客，窩在店裡巨大的赭紅色皮沙發上，有一搭沒一搭地翻著書頁，那張沙發實在是太大了，總顯得店內異常的空蕩，有一股樹木來不及繁枝，便已猢猻散盡的悲涼。有的人或一次借個兩、三冊，和手上的滷味啤酒一塊兒拎回去，久久後才歸還。

炎欽的個性裡有點過分寬容——或縱容——的缺陷，對於這類不守信也不成器的客人，他總是不催促的，或許也幾乎沒要過罰金。就像他一輩子，別人拿了他的，要了他的，不過聳聳肩，轉身而去，但他眼睜睜地看著，就眼睜睜地看著，甚麼也沒多說。

七月下旬，炎欽在家裡因突然中風，被緊急送到天母的醫院，腦部開刀、取出血塊後，因為無法自主呼吸，喉嚨被切開二十公分，插管排痰。

炎欽入院的時候，我們都以為他會撐過去，他會沒事——那些老去的長輩不都這樣？突然一聲不響地住了院，幾個禮拜後，又中氣十足地回了家，除了按時多吞幾粒藥物、高膽固醇食物得舔唇忌口之外，照舊過日子。然後，不知道甚麼時候起，就再也沒聽過他們的名字有誰提起。

炎欽在七月下旬被送進醫院，他住院的這段期間，我和V忙著寫稿、趕稿、交稿，我們本來議定八月八日父親節當天，買塊好喫的手工蛋糕，和V的兩個表妹一起在醫院幫炎欽過節。

八月七日，早上，我在打工的地方接到V的阿姨的簡訊，說：阿舅剛剛過去了。

短短不到三個禮拜，從一開始無預警的中風送醫，到後來讓人切開他的腦殼，取出那壞了一切的血塊；再後來，他讓人切開他的咽喉，切入他的氣管和吐息，割除記憶裡曾經青春煥發的他自己，緊接著，他發起高燒，一度燒退了，稍微恢復了精神，讓大家鬆了口氣，短暫地樂觀了幾日。V的阿姨和媽媽說，她們原來以為他能撐過去的，她們真的以為他可以的。

醫生說，他身體太衰弱了，本來就患有重度糖尿病和腎衰竭，人原本就瘦得和枯枝一樣，躺在病床上，據說整個人變得更瘦更小，看起來不像一名生養三個子女的父親，反而像一個孩子，因為發不出聲音，僅僅只能透過表情和微弱的手勢和旁人溝通，溝通不成，他也露出本性來，鬧過幾次脾氣。

那時候，他不過是一個，很痛很痛的孩子。

每一次年夜飯的晚上，V的爸爸、媽媽、阿姨和哥哥嫂嫂們，一家子人會全部湧進炎欽的漫畫店。店的中央攤開一大張麻將桌，鋪著過期的競選傳單和報紙。桌面上擺著一盤盤的冷切香腸拼臘腸、滷豬肚拼滷牛腱心、水煮大蝦、筍絲炒青菜、炸蝦天婦羅。漫畫店的櫃檯上總放著一大鍋半溫半涼的蘿蔔排骨湯或烏骨雞湯，炎欽佝著瘦小的身體，坐在櫃檯和湯鍋後面，他只負責煮食，從不和大夥同桌共餐。等到年夜飯喫完了，他才從櫃檯後面的辦公椅上，蹣跚地拖著他那隻壞腿，慢慢地踱著腳步，說：「喫飽了嗎？再多喫點、多喫點。」然後將整個身子埋入冰箱，拉出一大包的豬肚和牛腱心，給我們帶回住處加菜。我不敢喫豬肚，怕腥，牛腱倒是很願意喫的，但V總是一臉笑意地收下炎欽塞來的大包小包，從蘆洲一路沉甸甸地費整個小時提回中和去。

一邊將那袋凍如石芯的冷凍豬肚塞進冰庫時，一邊嘆氣，「不該拿的，拿了也是浪費。」每回我對著散發內臟腥氣的冰庫低低埋怨，V總說，舅舅以前做菜的手藝是真的好。不管他煮得好不好喫，都不可以拒絕他，不然他會難過。

下回過年，一定是沒有炎欽的滷牛腱心了。也不必再提著散發腥味的沉甸甸豬肚趕搭最後一班捷運。我愛喫的冷切香腸、烏骨雞湯和炎欽的笑臉，這些都已經沒有了。

【後記】微雪之光

打這段文字的時候，我正置身於距我們居住的亞熱帶海島非常遙遠的佛蒙特的雪中，接收著窗外來自雪地的白花花的反光。

常常是落雪或落雨的，另一半有陽光的日子裡，道路兩旁積攢著大堆大堆白燦燦的雪，像某種纏繞腦子整個夜晚的念頭，終於沉沉地落實到地面上，在晨起時分映折出一整幅刺目的淨白。那樣的白甚至經常鑽疼眼睛，滲透頭髮，侵進腦勺，與尚未徹底消除的夢境遺緒無聲地融為一體。

早上，會有一輛輛中型鏟雪車逡巡街戶，徹底且暴力地刮起大片結凍的冰體。經常因為整夜風雪的緣故，雪漫衍到走廊，到門邊，到鞋架前幾吋的地毯邊緣。在門廊抽菸的時候，惺忪的腳窩在鞋帶鬆散的半筒靴中，靴底踏著鬆軟的新落的積雪，口中吞吐的煙霧裊裊地飄搖在雪上，穿越柵欄縫隙，隨冷風遁逝，恍若幻術。

在這邊度過的日子大抵相似：晝晝，吃飯，在廚房度過大段無人的午後時光，其間不間斷地抽菸與飲咖啡，接著又到吃飯時間，晚飯後吞兩顆安眠藥，沖澡就寢。唯一讓我與他人發生區別的是，我幾乎每天走路。附近有一條名為Collins Hill Road的山丘路，路面空曠靜謐，路身平滑且和緩地織入山的深處，路的兩側斷續生長著低矮常綠的針葉黑松，以及我不認得名字的、總伸出瘦手般黃色葉掌、拍拂冰冷空氣的樹木。樹身大多枯癯，更多的是結著霜球的黝黑的枯枝，瘦長的枝梢低低地伸進雪地裡，情狀枯槁，像索求一點點愛而終究不可得。

山丘幽靜。走路時，一切聲線已然幻化成無垠雪線，靴子摩擦石子路的微響亦被吸入雪中，撚為碎霜。若是下午，有日光盛美，而則雪光媚目，冷風吹入頭顱，使淚水分泌，朦朦朧朧地望過去，一片白光滿眼，兩旁的枝椏影影綽綽地豎立著漆黑或灰黃的輪廓，此種時刻分外地安詳寧逸，我不想家，不想其他人，不想事情，僅一味地抬頭走路，深怕錯過了某一個美極淨極的片段光景。

也會想念我們亞熱帶的島，想念島上豐美多汁液的柑橘和草莓，想念小貓阿醜，於是屢屢地將貓和果子寫進詩行裡。在這裡，我打算寫很長很長的詩，一天打幾十行，串聯起來估計逾千行。不為甚麼地寫字，或僅僅為了雪。

來到佛蒙特的第二週，獨自去了一趟紐約。我投宿在窄小的旅館房間，大小僅供容身與盥洗，早早地七八點便起床，查著Google Map推敲地鐵路線，尋思著隔天先去摩根圖書館，再去MOMA和梅杜莎夫人蠟像館，然後去Buffalo Exchange挖二手衣；下一天則先去Century 21逛折扣，再去新當代美術館與惠特尼美術館。在地鐵上，則一邊顧著看各色乘客的形狀姿勢穿著髮型，一邊豎起耳朵怕錯過了模糊不清的廣播站名。短短三、四天的行程裡，努力將各種顏色線條氣味光影吞嚥入腹，總之先飽啖一頓。一天下來，走路加迷路加上轉乘地鐵約莫費去九個鐘頭，咖啡和香菸依然喫得很兇，到處找咖啡店和便利商店，經常邊走路邊低頭查地圖邊抽菸，被急煞的車子按了喇叭，連忙比著抱歉的手勢快步跑過馬路。

某一天，天空約約綽綽地飄下細小的雪花，雪以某種微妙的節奏落在紐約城中，落在疾步穿行的人流和車流之間，像城市的影子般不出聲地覆上了夜色。晚光朦朧中，竟有幾分與不寐時到處溜走的臺北街頭相似，轉過路口，偏一個角度，又像是胭脂婉媚酒醉夢迷的香港。於是生活過的城市之間，也相互疊沓為彼此的影子。

記憶為記憶的影子。時間為缺口的影子。光為雪的影子。

我重新焦慮於如何與世界保持某段恰切距離的問題，於是分外懷念起在紐約的那數日，一個人走路，一個人喫飯，晚上走去旅店對面的酒吧喝啤酒，喝完了回旅館打開筆電，寫Mail給遠在島上的朋友，無拘束，無所求，不需費心費神與誰交談寒暄，頂多回應咖啡店店員的例行問候。回到佛蒙特，跳過不大美味的早餐，午晚餐的時刻成為我焦灼的來源。四、五十人齊聚的餐廳裡，我縮在隊伍中排隊拿菜、取沙拉、裝咖啡，復縮著身子越過重重椅背椅腳，錨尋每一次落座的位置：坐四人小桌顯得太突兀孤僻，坐十二人的長桌又總害怕與鄰座交談以免尷尬之必要。在這麼多人之間，我時常感覺自己的存在幾乎要消滅，尤其當我努力把耳朵與喉嚨塞進外國語的框殼之中，吃力地嘗試讀取其他人談笑的主要內容，越發覺得自己渺小不可見。

語言的差異始終讓我困擾。說話總是太慢，字彙庫總是太少，妙語逗趣成為一項艱鉅的困題，連確切表達意思都有難度，導致我每次開口時越趨謹慎，時機和聽眾皆納入瞬間考量判斷，輕鬆的閒聊也彷彿競選演說，教我緊張莫名。

大多時候，我喜歡和室友Maiko待在一處，Maiko來自日本，是出色的年輕木藝家，面目清秀如描，身形頎長如古畫白鶴，總是笑著，慢慢地嚼著英文單詞，我因此能完全理解她那腔音特殊的日式英語。我們幫對方揀選新衣，交換小禮物和Facebook。每週六晚上的卡拉ＯＫ之夜，我們總是坐在一塊喝啤酒說話，也一起去教堂後邊的小店盡情地逛衣服。

我也常去Danielle的工作室聊天。Danielle是法裔加拿大人，她和我一樣強烈感受到身為異國人的種種不便，但其實她的英語比我好上許多。Danielle建議我直接使用英語創作，她自己則剪剪貼貼，將許多條歌詞打印出來剪成一些片語和詞彙，拼貼在她的人像畫上。離開佛蒙特前五天，Danielle贈給我一張我的中文姓名的彩繪圖畫，我回贈她一張她側臉的鋼筆素描。在偌大美利堅，我們透過彼此身分的類同建立友誼，由於同為異族，故如貓咪舔毛般憐惜著彼此。

即便如此，我依然感到莫大地漠然及孤獨。我布置自己的工作室，印出存在筆電硬碟裡的、在臺北拍攝的街屋與貓咪阿醜的照片，連同手繪素描畫一起貼在牆上。被熟悉的影像環繞，一股奇兀的陌異之感緊緊將我攫住，針刺般貼著我的後頸，灼著我、提醒我：此處為陌地生，此身是異鄉人。

我逃離了工作室，回到廚房，繼續打字，直至蛛絲吐盡。

時光飛逝，佛蒙特復落起大雪，銀淨的雪色讓我開始思念起臺北的雜沓繽紛。坐在筆電前與友人交談，時差讓我們彷若陰陽兩隔的戀侶，在隔世的光陰裡索找點亮上線信號的名字。不多的剩餘的天數裡，我盡可能地作畫。每天早上，我帶著朋友寄來的素描簿與彩筆箱去鄰近的畫室，兩名模特兒輪流來到，褪盡衣衫讓我們觀看描摩。

我特別喜愛那名年老的叫做Steve的模特兒，他總是殷切地詢問我們是否需要他擺出特定姿勢，或者調整每個姿勢維持的時間。Steve體膚衰弛卻充滿魔力，身體局部的每根皺紋皆如細枝延展，恍若樹林。我看見時光在他身上步行的痕跡，如此緩慢卻如是堅定。光滑的性器如小獸熟眠般，安靜而疲倦地躺在兩腿間，Steve不時伸手調整，不為喚醒，僅是位移。

光亦善於位移，追隨時間的鑿印，一刻一刻地挪移著角度。雪自由地揉捏著各種光度，從清晨到近午，日光爍爍，每一粒雪花結晶皆毫不吝惜映折著陽光，腳步經過時視線掠過，眼角恍然映入金子的色澤，是雪地贈與的慷慨和平等，行路人獨享的微細的奢侈。

我繼續走路，抽菸，喝大量的咖啡。午餐時越趨沉默，面對眼底的餐盤幾近無話可說。他人有他人的愉悅和頻轉，我僅是靜止像一截落盡花葉的木頭坐臥在雪裡，任憑陌生的外國語從耳底流過，木然地吞嚥、微笑、點頭，假裝自己能夠即時且精確地接收對方拋出的音頻其實完全不然。僅需扮戲，並無真心。

經過一頓幾乎沒有開口說一個字的午餐，心情惡劣，吞下的菜肉麵包一轉頭便嘔入廁所馬桶內，睜眼時茫茫烈烈的日光戳疼眼球，滿身的細胞都呼喊著欲睡的渴望，但我仍堅持著自己朝山丘爬去。午後的太陽特別爽快，斜斜地懸著彷彿一顆銀焰的火球，整座山林因而有了分明的景深，樹木往雪地擲出自身的影子，雪漫漫地反射著光線，大片大片的銀光貼伏在地上、樹上、臉上和背上，彷彿一具蒼白而溫熱的身體低腰向人傾去，我站在那身體之內，仰臉承接溫熱的光束，錯覺般感受到自己和山丘一般地重而沉靜。

微雪纖絮，終日不輟。當暖陽將光片均勻鋪灑於雪面，我像一隻久渴的貓般趨光而居，蹲在柔軟的發光的雪地裡抽菸，仰首領受日光的洗滌，即使闔上眼瞼，仍能感受柔和的雪光從四面擁來，包覆我顫抖的身軀。我遂成為光的一分子，煙霧的同路人，白晝的寄居者，在雪地上歡快地敞開，靜默地崩散。

晚光下，微雪從高處飄墜而下，細密的雪粒承受夜燈的光照，彷欲融化在半空中般，持續而有致地搖落。落於我的黑色雪衣外套的襟邊，落於袖口和胸膛，落於櫻花色髮梢與裸露的鼻尖，並輕悄地融解在衣物的皺褶間。拒絕與被拒絕皆將好轉。雪填平我心底的凹窪，撫平凹凸的毛邊，補綴以平和以寧謐。那些撕毀的裂口，斷裂的割面，割壞的傷痂，皆將因由雪得完整。

白雪無瑕，且微雪有光。在雪中，因而領受一切，也因而交還了一切。

附錄

- 〈神在〉獲2017年林榮三文學獎散文獎。
- 〈N街筆記〉原題〈夜行〉，刊於《聯合副刊》，2017年12月4日。
- 〈逐鞋者〉原題〈破鞋〉，刊於《自由副刊》，2016年5月1日。
- 〈做夢的人〉原題〈夢〉，刊於《印刻文學生活誌》，2017年4月號，第164期。
- 〈懼時間的人〉原題〈時間症〉，刊於《自由副刊》，2016年12月7日。
- 〈市場〉刊於《幼獅文藝》，2018年1月號，第769期；並入選《九歌107年散文選》。
- 〈食街者〉原題〈胃紀〉，刊於《自由副刊》，2016年3月30日。
- 〈搬夢記〉入圍第三十九屆時報文學獎。
- 〈不飛的人〉原題〈機場〉，刊於《自由副刊》，2016年3月2日。

【新書簽講會】

《神在》

崔舜華

2019／06／02（日）

時　間｜3：00PM

對談人｜夏夏

地　點｜讀字書店

（台北市和平東路一段104巷6號）

洽詢電話：(02)2749-4988

*免費入場，座位有限

國家圖書館預行編目資料

神在／崔舜華著. ——初版. ——臺北市；寶瓶文化, 2019. 05
面； 公分, ——（island；289）
ISBN 978-986-406-156-3（平裝）

805 108005187

Island 289

神在

作者／崔舜華　封面・內頁繪圖／崔舜華

發行人／張寶琴
社長兼總編輯／朱亞君
副總編輯／張純玲
資深編輯／丁慧瑋　編輯／林婕伃
美術主編／林慧雯
校對／張純玲・陳佩伶・劉素芬・崔舜華
營銷部主部／林歆婕
財務主任／歐素琪　業務專員／林裕翔　企劃專員／李祉萱
出版者／寶瓶文化事業股份有限公司
地址／台北市110信義區基隆路一段180號8樓
電話／(02) 27494988　傳真／(02) 27495072
郵政劃撥／19446403　寶瓶文化事業股份有限公司
印刷廠／世和印製企業有限公司
總經銷／大和書報圖書股份有限公司　電話／(02) 89902588
地址／新北市五股工業區五工五路2號　傳真／(02) 22997900
E-mail／aquarius@udngroup.com

法律顧問／理律法律事務所陳長文律師、蔣大中律師
如有破損或裝訂錯誤，請寄回本公司更換
著作完成日期／二〇一九年三月
初版一刷日期／二〇一九年五月七日

ISBN／978-986-406-156-3
定價／二六〇元

愛書人

感謝您熱心的為我們填寫，
對您的意見，我們會認真的加以參考，
希望寶瓶文化推出的每一本書，都能得到您的肯定與永遠的支持。

系列：Island 289　**書名**：神在

1. 姓名：＿＿＿＿＿＿　性別：□男　□女

2. 生日：＿＿年＿＿月＿＿日

3. 教育程度：□大學以上　□大學　□專科　□高中、高職　□高中職以下

4. 職業：＿＿＿＿＿＿

5. 聯絡地址：＿＿＿＿＿＿＿＿＿＿＿＿

   聯絡電話：＿＿＿＿＿＿　手機：＿＿＿＿＿＿

6. E-mail信箱：＿＿＿＿＿＿＿＿＿＿

   □同意　□不同意　免費獲得寶瓶文化叢書訊息

7. 購買日期：＿＿年＿＿月＿＿日

8. 您得知本書的管道：□報紙／雜誌　□電視／電台　□親友介紹　□逛書店　□網路　□傳單／海報　□廣告　□其他

9. 您在哪裡買到本書：□書店，店名＿＿＿＿　□劃撥　□現場活動　□贈書　□網路購書，網站名稱：＿＿＿＿＿　□其他＿＿＿＿

10. 對本書的建議：（請填代號　1. 滿意　2. 尚可　3. 再改進，請提供意見）

    內容：＿＿＿＿＿＿＿＿

    封面：＿＿＿＿＿＿＿＿

    編排：＿＿＿＿＿＿＿＿

    其他：＿＿＿＿＿＿＿＿

    綜合意見：＿＿＿＿＿＿＿＿＿＿＿＿

11. 希望我們未來出版哪一類的書籍：＿＿＿＿＿＿＿＿＿＿

讓文字與書寫的聲音大鳴大放

寶瓶文化事業股份有限公司

（請沿此虛線剪下）

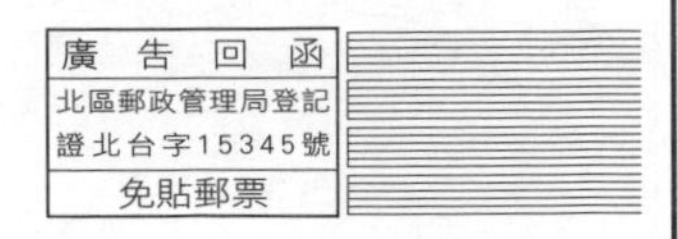

寶瓶文化事業股份有限公司收

110台北市信義區基隆路一段180號8樓

8F,180 KEELUNG RD.,SEC.1,

TAIPEI.(110)TAIWAN R.O.C.

（請沿虛線對折後寄回，或傳真至02-27495072。謝謝）